中国文学名家散文精选丛书

让灵魂也面海而居

陈华清 著

江西高校出版社
JIANGXI UNIVERSITIES AND COLLEGES PRESS

南 昌

图书在版编目（CIP）数据

让灵魂也面海而居 / 陈华清著 . -- 南昌 : 江西高校出版社 , 2025. 6. --（中国文学名家散文精选丛书）. ISBN 978-7-5762-5635-2

Ⅰ . I267

中国国家版本馆 CIP 数据核字第 2024448TOK 号

责 任 编 辑　胡文君
装 帧 设 计　夏梓郡

出 版 发 行　江西高校出版社
社　　　　址　江西省南昌市新建区工业二路 508 号
邮 政 编 码　330100
总 编 室 电 话　0791-88504319
销 售 电 话　0791-88505090
网　　　　址　www.juacp.com
印　　　　刷　鸿鹄（唐山）印务有限公司
经　　　　销　全国新华书店
开　　　　本　650 mm×920 mm　1/16
印　　　　张　13
字　　　　数　160 千字
版　　　　次　2025 年 6 月第 1 版
印　　　　次　2025 年 6 月第 1 次印刷
书　　　　号　ISBN 978-7-5762-5635-2
定　　　　价　58.00 元

赣版权登字 -07-2024-1066

心
灵
的
港
湾

才情女作家陈华清以小说著称，其文学作品入选中宣部主题出版重点出版物、教育部"全国中小学图书（室）推荐书目"、全国农家书屋重点出版物推荐目录、中小学语文考试阅读题等。

其实，陈华清也是一名散文作家，只因其小说的成绩太出色，散文成就反而被忽略了。她已出版了六部散文集，《让灵魂也面海而居》是第七部，足见其在散文创作方面不凡的才华。

这部作品共八辑，选取了数十篇散文随笔。陈华清用独特的视角观察生活，用真挚的情怀悟道人生，用细腻的笔触描绘生活中的点滴美好、自然的神奇瑰丽以及人与人之间的真挚情感。她的文字，真诚而富有力量，如涓涓细流，淌过心田，滋润着我们的灵魂。

生活中的美好无处不在，需要我们用心去感受、去发现。陈华清是一个有大爱的人，她希望用自己的文字，传递世间的美好。所以，她的文字充满了人间温暖，尘世的温情。在《因你而温馨》中，青岛的公交车上那看似平凡的场景，却蕴含着温暖与感动。五角钱的传递，不仅仅是金钱的流转，更是爱心与信任的传递。从民工手中开始，经过一双双不同的手，最后到达乘务员手中。这一过程中，没有猜忌，没有犹豫，有的只是人与人之间最纯粹的信任和关爱。小女孩的礼貌谦让、母亲的言传身教、乘客们的友善互助，都让这个小小的车厢充满了大大的爱。陈华清作为外地人，深深被这一幕感动，并书写下来。而我们读者，也仿佛置身于那车厢之中，感受到中华传统美德在日常生活中的传承，也感受到了那份来自陌生人的温暖。

在《"微笑"的召唤》中，读者看到了大爱的传递。陈华清怀着一颗炽热的心，投身于公益事业。她与志愿者们，为乡村小学建图书室，为乡间孩子们带去了知识的火种。他们顶着酷暑，不辞辛劳地搬运图书、布置图书室，汗水滴落在土地上，浇灌出了希望之花。陈华清与孩子们的交流，充满了温情与鼓励。对于图书室的未来发展，她的思考也让我们看到了公益事业的深度与广度。这既是物质上的帮助，也是精神上的引领，让我们相信，爱可以改变世界，知识可以点亮未来。

在《真好，三毛茶楼有你在》中，陈华清与周庄"三毛茶楼"楼主张寄寒先生的情谊如同茶香，淡雅而悠长。因为对三毛的热爱，陈华清走进了三毛茶楼，也走进了一段珍贵的友谊。初次见面时的匆匆一瞥，就种下了一颗缘分的种子。再次相遇时，那一句"我知道你会来的"，充满了默契与惊喜。张先生为陈华清泡上的阿婆茶，热气腾腾，香气四溢。他们在茶香中畅谈文学、分享生活，从陌生到熟悉，从相识到相知。他们互赠自己写的书，是彼此心灵的交流，也是文学传承的见证。在这个快节奏的时代里，这样纯粹的友谊显得尤为珍贵，它让我们感受到了文学的魅力和情感的力量。

在自然景观描绘方面，陈华清的文字极具感染力。在书中，自然如一位神奇的画师，用妙笔勾勒出一幅幅令人叹为观止的画卷。《快乐鸟》描写了新会天马村的"小鸟天堂"，那棵古老而神秘的水榕树独木成林，"宛如一位历史的见证者，静静伫立在岁月的长河之中"，形象地赋予水榕树以厚重的历史感。"河水如一条碧绿的丝带环绕，清澈见底，水下的鱼儿如同水中的精灵"，通过生动的比喻，将河水与鱼儿描绘得活灵活现，让读者仿佛看到清澈的河水潺潺流淌、鱼儿欢快游弋的场景。对鸟儿的描写更是精彩绝伦，把白鹭的活泼俏皮展现得淋漓尽致。"榕树上空、树中、树下，满满都是鸟！它们或飞到树上，或盘旋在空中……"呈现出一幅热闹非凡、充满生机的群鸟图，让我们深切感受到大自然蓬勃的生命力。

陈华清在展现自然之美的同时，也揭示了生态问题，体现出一个有良知作家的社会责任与担当精神。在"小鸟天堂"中，她指出"一些利欲熏心的人对鸟儿进行捕杀"，这一现象与前面鸟儿自由欢快生活的场景形成鲜明对比，令人痛心。但随后写到护鸟队员、村民和学校等为保护鸟儿做出的努力，体现出对生态和谐的追求，让我们看到了希望。人类从曾经的破坏者逐渐转变为守护者，积极维护着自然的生态平衡，努力实现人与自然和谐共生，体现出人类在与自然相处过程中的觉醒与担当。这种描写不仅引发读者对生态破坏的反思，更唤起人们保护自然的意识。

自然是心灵的归宿，是情感的寄托。这本散文集就像是一个矿藏，每一次挖掘都会有新的惊喜。无论是描写自然景观时的生动笔触，还是讲述人间情感时的深情流露，都能让人产生强烈的共鸣。

愿每一位读者在翻开这本书时，都开启一场奇妙的旅行，在自然的怀抱中，聆听心灵的声音，感受人生的美好，收获力量与感动，让灵魂如书中所期望的那般，找到属于自己的那片宁静的海，面海而居，享受文学带来的美好与温暖，让生命绽放出绚丽的光彩。因为，在这个喧嚣的世界里，我们都需要这样一片纯净的文学天地，来安放我们的心灵，滋养我们的灵魂，在与自然的对话中，找到真正的自己。

目 录
CONTENTS

第一辑

爱是一首歌

因
你
而
温
馨

深秋的青岛，天气凉爽宜人。就在这样的季节，我和同事来青岛参加"全国校园文明礼仪教育年会"。这天晚饭后，我和同事坐上 25 路公交车，打算去看夜色中的栈桥。

车到华严路停下，候车的乘客鱼贯而上。虽然人多，但并不争抢，大家自觉排队，按顺序上车。一个年轻漂亮的少妇，后面跟着一个五六岁模样的小女孩。

小女孩扎着两条小辫子，红扑扑的脸蛋很可爱。她背着一把小提琴，不知是刚去学琴回来，还是吃完晚饭去老师家学琴。她一手扶着琴，一手牵着那少妇的手。看样子她们是母女。

"你坐这里吧！"小女孩还没站稳，身旁一个小伙子赶忙站起来给她让座。

"不用了，你坐吧！"小女孩摆摆手并没有立即坐下来，而是礼貌地谦让。

"坐吧，别客气！"小伙子坚持要她坐。

小女孩看看小伙子，又望望母亲，似在征求母亲的意见。

"大哥哥叫你坐，你就坐吧！快谢谢大哥哥！"母亲说。

"谢谢大哥哥！"小女孩甜甜地说，然后叫母亲先坐，她再坐在母亲的大腿上。

"孩子，你以后也要给有需要的人让座！"母亲不忘借机教育孩子。

芝泉路到了，一批人下去，又上来一批人。一个六十多岁的老人走过来，刚才那个小女孩看见了忙站起来，奶声奶气地说："老爷爷您坐吧！妈妈说见到老人要让座。"

"孩子，你坐吧！"老人慈爱地说。

"大爷，孩子让给您坐，您就坐吧，莫客气！"小女孩的母亲也站起来了。

"孩子还小，让她坐吧！我还硬朗。"老人还是不肯坐下来。

"坐我这里吧！"坐在小女孩后面的一个年轻姑娘站起来，拔下耳机。她刚才一直戴着耳机如痴如醉地听音乐。

老人连连说"谢谢！"然后坐下。

"黄县路到了！"公交车自动报站系统又响起柔美的报站声。

这回上来的人特别多，车厢的过道一下子就站满了人，摩肩擦背。车上人虽然拥挤如潮水，但很安静，没有人高声喧哗、吵闹，连小朋友都安安静静，只听见汽车的鸣响声和报站声。

人群中有了波动。一个站在车厢最里面的民工模样的男子，掏出两张五角钱，叫人帮他补交车费。他上车时抱着孩子忘记交了。那两张皱巴巴的五角钱，从他手里传到一个胖乎乎的中年妇女的手里，又从中年女人的手里传到戴着眼镜的小个子中学生手里。

我从旁边一个时髦姑娘手里接过这两张皱巴巴的五角钱，将它传到一个文质彬彬的中年男子手里。

　　这两张皱巴巴的五角钱，就这样在车厢里，从这双手传递到那一双手，传递着诚信，传递着温馨，传递着中国几千年不熄的文明礼仪的星火。

　　车厢里这几个小镜头，让我这个外地人很是感慨，同时也感受到来自普通人的感动。

　　公交车是一个社会的缩影，一个看城市的窗口。这个窗口折射出市民的素质。青岛是全国著名的旅游城市，市民的素质直接影响到外地人对她的印象。这种印象就是一种有力的宣传。青岛人早已把这种"宣传"化为自觉的行为。

　　这么想着，不经意一抬头，"车厢因你而温馨"的宣传标语闯进我的眼帘。我微微一笑。那微笑里有感动，有欣慰，更有对这座城市深深的敬意。

"不努力一点，怎么知道自己也可以这么优秀？"

这是青收拾女儿的房间，在她的练习本、课本上看到的一句话。她记得自己跟女儿说过这样的话。

女儿天资聪明，但是比较懒惰、任性、内向。教过她的老师都说，如果她稍微努力一点，考上本科完全没问题。问题是她不够努力，而且不是很有信心，在班上成绩只能算中上游。也就是说，她有很大的潜力，有很大的发展空间。只是她没有意识到自己本来也可以优秀，所以她不用心去学，不努力去做事。

高二开始，女儿提出学画，将来报考美术学院。这之前她从来没有跟哪个老师学过画。青担心女儿跟不上，很不情愿让她学画。看女儿非学画不可，青也只好同意了。

第一年的美术联考女儿没过关，这就意味着她与大学无缘了。如果就此放弃，女儿根本不会去学文化，就会整天窝在家里玩手机、上网打发日子，那就成废青了。

青想，要让女儿树立信心，千万不能放弃，最起码要让她有信心回教室学习，为来年的高考做准备。

青打听到消息，有些大学个别专业不看联考分数，只要通过该校的术科单考就行了。她叫让女儿努力学，做好单考的准备。他们家经济并不宽裕，但她还是凑钱带女儿乘飞机去单考。

女儿通过该校的单考，拿到"通行证"。青欣喜万分，抱着女儿说："看到了吧，你稍微努力一点，就变得这么优秀了！"这一年女儿的文化总分上了本科线，但是语文单科分数却没有达到这间大学的录取要求，与心仪的美院无缘了。

女儿放弃读其他大学，决心重读，因为她的理想是考中国美术学院。

"那是中国最高的美术学府啊，行吗？"青问。

"你不是说过，不努力一点，怎么知道自己也可以这么优秀？我不试，怎么知道自己行不行？"女儿反问。

复读这一年，一向懒惰的女儿变得很自觉，很努力。她在日记本上写道：不努力一点，你就没戏了！她背水一战。这一年女儿顺利通过省联考、美院的单考，文化分也上了重点本科线。在那个小城，她是第一个通过普通高考考上中国美术学院的学生，她的母校兴奋得立刻放炮庆贺，在大街小巷挂着祝贺她考上中国美术学院的横幅。

有人问她成功的秘诀是什么？她不假思索地说：努力一点，你也可以这么优秀！

这是一个真实的故事，并非虚构。写到这里，我想再讲一个真实的故事。新疆作家玫瑰雨，2010年初她定下计划，准备在几个月时间内用稿费购买一辆轿车。用稿费购买轿车，在一般人看来简直是天方夜谭。但是她做到了。她在博客里高兴地向博友宣布：8个月的时间里，玫瑰努力上进，每天读书，写作，用稿费购买了一辆崭新的国产家庭轿车。她的成功再一次证明：只要你够努力，成功总会拥抱你。

很多人不成功，不优秀，是因为不够努力。或者，只是努力一点点就放弃了，没有持之以恒。

其实每一个人都如地下的矿藏，都有很大的潜能，只是我们自己没有发现，没有挖掘；也没有被发现，没有被挖掘。许多唾手可得的成功因此擦肩而过，本来可以变得优秀，结果只是与平庸为伍。

"不努力一点，怎么知道自己也这么优秀？"我把它作为座右铭，激励自己，与别人共勉。每天努力一点点，跟优秀一点点靠拢。

拥抱阳光

这些日子，雨淅淅沥沥地下个不停，时大时小。世间万物都被这雨笼罩，湿漉漉的。树木花草、高楼大厦、大街小巷，无一幸免。整个世界仿佛被阴霾吞噬，阴沉得可怕，寒意如影随形。

屋内亦未能幸免。即便门窗紧闭，窗帘拉上，那如烟似雾的湿气仍从缝隙中挤入，侵占了每一个角落。天花板、地板、墙壁，乃至被子、蚊帐，全都湿漉漉的。镜子像是被蒙上了一层薄纱，灰蒙蒙的，擦净后不久，又变得模糊不清。晾了数日的衣服，不但没干，反而愈发潮湿，散发出难闻的霉味。

墙壁上的水珠不断滑落，留下一道道长长的水渍，如千万条蚯蚓爬过，令人心生厌恶。天花板上的水珠，一滴一滴地落下，稍不注意，就会滴在身上。我仰起脸，一滴水珠恰好落入眼中，那冰冷的触感，如同这恼人的梅雨，直直地沁入心底。

这可恶的梅雨天气啊！它就像一块巨石，压在心头，让心情也变得郁闷不堪。

于是，我开始怀念阳光灿烂的日子。那灿烂的阳光，有着神奇的魔力，能将地面晒干，把寒气驱散，让低落的心情瞬间放晴。若是此刻阳光能破云而出，该有多好！

南粤的天气，多数时候都是艳阳高照、晴空万里。像这般雾气蒙蒙、细雨纷纷的日子，一年到头也没几回。在漫长的岁月里，我们对太阳那光芒万丈的模样早已习以为常，甚至变得麻木不仁。想想看，在阳光明媚尽情享受之时，有多少人能真正感受到阳光的可贵？有多少人会感恩太阳那无私的赠予？又有多少人能体会到生活在阳光下的美好？我们常常是身在福中不知福，甚至在骄阳似火之时，诅咒太阳过于猛烈、炽热、毒辣，抱怨它将我们的皮肤晒黑。

这多像我们对待爱情的态度啊！在相亲相爱的日子，依偎在爱人怀抱时，尽情享受着爱人的脉脉温情、百般呵护和千般蜜意，却往往将这一切视为理所当然。因为这份理所当然，失去了说"多谢"的温柔，也丢掉了表达"感激"的可爱。变得挑剔，用尖刻的眼光和伤人的语言去审视对方，将爱人刺得身心俱疲。直到有一天，爱人黯然离去，那离去的背影，仿佛带走了生命中的所有色彩，只留下一片荒芜。心中的悔恨如潮水般涌来，每一次呼吸都带着刺痛，才明白曾经那些看似平常的温柔，是如此珍贵，如今却如泡沫般破碎，再也无法挽回。

人生总是充满遗憾，就像江水东流，一去不返。我们在失去中成长，又在成长中不断失去。为何人生有如此多的遗憾？那是因为太多的人，在拥有时不懂珍惜，直到失去才明白其珍贵。

雨，依旧在下，四周依旧是湿漉漉的。就像阳光总会穿透云层，生活也总有希望。等太阳出来的时候，我定要邀上三五知己，背上行囊，骑上自行车，向着那充满希望的郊外出发。

　　我们要去空气清新的郊外踏青，看那嫩绿的新芽在阳光的照耀下闪烁着生命的光辉；到无人的旷野放飞风筝，让风筝在蓝天白云下自由翱翔，就像放飞那被阴霾压抑已久的心情；在潺潺的小河边垂钓，感受那一份宁静与闲适，阳光洒在河面上，波光粼粼，宛如梦幻；到春满枝头的山上采摘野花野果，看那桃花是否依旧娇艳欲滴，看那春山是否依然朗润丰满。饿了，就去捡来树枝树叶，叠起土块，烤红薯，打鸡瓮，重温那久违的野趣。那散发着泥土芬芳的红薯，那带着童年味道的鸡瓮，会让我们找回那份纯真与快乐。累了，便躺在柔软的草地上，无需任何遮蔽，尽情与阳光亲密拥抱，接受它炽热的抚爱。那温暖的阳光，会如同爱人的怀抱，治愈我们心中所有的伤痛，让我们重新找回对生活的热爱。

用爱来取暖

还沉醉在秋的层林尽染、万叶飘丹中，冬就挥舞着暴虐的拳头。就这样，猝不及防跌进冬的风刀霜剑。

我一向怕冷，穿上最厚的冬衣，还是瑟瑟发抖。鼻翼的皮肤开始皲裂，一碰就生疼。洗脸也要小心翼翼，很多工序都省略了。晚上不敢再长久待在网上，早早上床，盖上厚厚的被子。久违的纸质媒介阅读，在瑟瑟的冷风中重新拾起。

天已很冷，心不能再冷。无法阻挡季节的风刀霜剑，但可以给心灵安装朝阳的窗户。我不敢再读满纸愁云惨雾、哀哀怨怨的文字。

"碧野朱桥当日事，人不见，水空流。韶华不为少年留。恨悠悠，几时休？飞絮落花时候一登楼。"

"深院无人，黄昏乍拆秋千，空锁满庭花雨。"

在青葱岁月，曾喜欢这类道尽离愁别绪、肠断白苹洲的文字。读着读着，就进入愁绪满怀、哀怨连天的意境。也曾为赋新词强说愁。结果，伤了自己，累了别人。现在却是怕着，躲着，远离。

我要读的文字，要有暖，要有爱。如果文字是有声音的，我要听到悦耳的乐曲；如果文字是有颜色的，我要看到温暖的色彩；如果文字是有情感的，我要感觉爱的愉悦。

我爱读她的诗。她是一个专门写情诗的诗人。她的情诗，是冬日里的一抹暖阳，是夏日里的一缕清风。温馨，暖心。不像某些情诗，总是痛苦的挣扎，断肠的痛哭。她的诗中，也有一闪而过的忧郁，那是一抹甜蜜的淡淡的忧愁。读她的诗，你会感觉人世间至情至性的美好。爱情，原来可以这样甜蜜，原来可以这样温暖。

我对她说，你的诗是冬天贴心的棉袄，让每一个读者感觉如春天般的温暖。这个冬天，我会继续读你的诗，用你的文字来取暖，用你的爱来保温。

有朋友说，看你的文字，有不少是关于情感的，看来也是个爱着的人。我说，是的，每个人心中都有爱，大爱、小爱；爱他人，被人爱。有爱的人生不觉寒。

爱是一种思绪，爱是一种情怀，爱的外延丰富多彩。爱，不仅是一个名词，也是一个动词；爱，不但是静态的，也是动态的；爱不只是狭义的男女私情，还存在于其他情感之中，如友情，亲情，爱国之情。

在我看来，最温暖的词，就是爱。

爱，是炭火，可以取暖，驱赶心底的寒意。

爱，是明灯，照亮你在黑暗中前行的方向。

爱是跌倒时的搀扶，爱是寒冷时一杯热气腾腾的清茶。

爱，是导热体。焐着它，她的温暖传到你手里，你的关爱抵达她心间。

爱是力量。寒风凛冽的冬天，比任何时候更渴望关爱，你的爱就是他人温暖的源泉。

至今难忘一对小恋人的爱情故事。他们刚刚参加工作，穷得只剩下爱了。一个大风雪弥漫的夜晚，寒风刺骨。他们衣着单薄，相拥着走路回家。只有一副手套。他怜惜她身子单薄，让她戴着。她心疼他双手冻得像红萝卜，硬是脱下。两人谁都不肯独自戴上。推让。最后，一人戴一只。两个人的手，一路互相握着、焐着、暖着。

暴风雪的寒夜，他们就这样一路用爱来取暖。这个画面一直定格在我心中，多少年了，无法忘怀。

风雪交加的寒冬夜，街上早已冷冷清清，行人稀少。只有匆匆而过的汽车，只有无家可归的人，只有个别还守着水果摊的人。这个冷冷的冬天，有谁饥寒交迫？有多少人没有温暖？我们给了谁关爱？

"他们的冬天温暖吗？"腾讯网站正做这样的专题，关注那些处于生活底线的弱势群体，呼吁人们多些关注这个阶层的人：

"遇到要钱的就给他点饭，遇到要饭的就给他点钱。

雨雪的时候、天冷的傍晚或者是雪天的傍晚，遇到卖菜的、卖水果的、卖报纸的剩得不多了又不能回家，能全买就全买，不能全买就买一份，反正吃什么也是吃，看什么也是看，买下来让人早点回家。

遇到夜里摆地摊的，能买就多买一些，别还价，东西都不贵。家境哪怕好一点，谁会大冷天夜里摆地摊。

这样温情的呼声会被呼啸的北风淹没吗？会被人心的冷漠掩盖吗？或许会，或许不会。如果我们都伸出援助之手，尽微薄之力帮助那些需要帮忙的人，哪怕是一个善意的微笑，也是这个冬天里一份温暖的礼物。你的关爱风知道，你的善良雪了解。啸啸北风会把关爱的暖流传递到每个寒意袭人的角落。

世界会因爱变成暖冬。

这是一个下午，寒风依然肆虐，一抹冬阳，带来一点暖意。我随青年志愿者探望福利院的孤寡老人，送衣服，送食物，送温暖。他们没有至亲的人，或者被至亲的人遗弃。没有亲人的冬天倍加寒冷。

他们虽然穿着不算薄的冬衣，屋子里还烧着旺旺的炉火，但衰弱的身子终究抵挡不住寒流袭击。脸和鼻子冻得通红，手脚冻僵。他们缩着脖子，不断地搓手、跺脚驱寒。他们目光呆滞，身子瑟瑟颤抖。可怜的老人。

看到我们那一刻，老人呆滞无神的目光顿放异彩，咧着嘴笑，如同孩童般。

"老奶奶，来试试这件棉大衣！"

"老爷爷，这是您最爱吃的莲蓉饼，吃吧。"

志愿者们还拉起二胡，唱起老人爱听的粤曲。小小的屋子，顿时，充满了欢乐的笑声，流淌着爱的暖流。

一个远方的朋友给我发来短信：天冷了，花落的声音风知道，思念的感觉心知道，变冷的温度冬知道，我的祝福你知道。没有华丽的词语，只想在寒冷的冬天为你送上暖暖的祝福！

暖暖的祝福驱散了我心里的寒，反反复复看着，心情变得暖暖的。

温暖是可以传递的！爱是可以取暖的！

于是，在日记里写下：天冷，有爱，用爱取暖；无爱，自己给自己加温。

从天堂到荒原

在爱情的花园里，曾经盛开过一朵最为娇艳的花，那是你我爱情的模样。你曾用柔情的目光将我环绕，那目光似春日暖阳，暖彻心扉。你说，你喜欢我，那声音如同山间清泉，流淌在我的心间；你说，真的很想很想我，恨不得天涯变咫尺。那一刻，我仿若置身于梦幻之境，沉醉不知归路。

在你多情的眼眸中，我如一朵纯洁的百合花，悄然绽放。我的芬芳弥漫在你的窗前，那是爱的气息；我在你心底最柔软的地方摇曳生姿，那是爱的轻舞。那时，我愿化作一条小河，河水潺潺，终年流淌在你家屋前。我要为你欢歌，那歌声是我对爱的诉说；我要为你送去清凉，那清凉是我爱的润泽。每一个水波都荡漾着我的深情，每一次流淌都承载着我的期许。

你曾说，我是一只美丽的百灵鸟，你的话语如同轻柔的微风，拂过我的心田。于是，我守在你的枝头，日夜啁啾着痴情的歌。我的歌声是爱的音符，在空气中编织着甜蜜的梦。然而，命运却如无情的风暴，骤然来袭。我发现，当我为你歌唱时，你却悄悄向另一只鸟儿亮起歌喉，你的眼眸向她送去媚眼。那一刻，我的世界天旋地转，我的歌声渐渐枯萎在那曾经青葱的枝头，如同失去阳光的花朵，渐渐凋零。

你后来又说，别让我的歌风干好吗？可你却忘了，我曾对你说，如果我不能成为你的唯一，那就让我成为你的往事，一段如杜鹃泣血而歌的回忆。那是我心碎后的抉择，是我对爱情最后的坚守。

在柳梢披着月光的夜晚，你用凉如水的手轻敲我的窗棂。月光洒在你身上，却照不亮你眼中的迷离。你说，我们从头来过，像从前那样躺在草地上，听风儿呢喃，数满天的星星，看哪颗是我的眼睛。你描绘着美好的画面，在樱花烂漫的时节，看我青丝飘飘，裙裾扬扬，舞动漫天的樱花，让我们的身影淹没在落红无数中。那画面曾是我梦寐以求的天堂，可如今，却成了刺痛我的利刃。

我只能说，回不了了，回不了了，我们再也无法回到从前了。我的心早已如这夜晚，凉如水，寒意彻骨。你爽朗的笑声如今成了断弦的琴，再也弹奏不出甜蜜的旋律；那年月下的心跳没了律动，如同死寂的荒原；你无邪的眼神如今是如此暗淡，宛如失去光芒的星辰。萦绕在我心头，挥之不去的，是那深深的灼伤。你可知，你唱给她的歌，你脉脉的眼神，就像锋利的匕首，将我的自尊，我的心，刺成了满地的落红，那是爱情破碎后的残骸，是我心中无法愈合的伤口。

其实，我一直想求证，一直想问：你到底有没有真爱过我？这个问题如鲠在喉，却又难以启齿。既然爱我，为何又将爱分给她人？既然向她示爱，为何又要与我谈从头来过？这爱情的谜题，如同迷宫，让我深陷其中，痛苦不堪。

如今，我已没勇气问，也不想再问。爱过又如何？不爱又如何？我的心已是虚脱的游丝，在风中无力地飘荡；是轻飘的羽毛，不知将被吹向何方；是秋风中的落叶，在孤独中等待凋零。

　　也许有一天我们会重逢，在夕辉满天，晚风轻柔之时。或许那时，我会问：当年，你到底有没有真爱过我？只是那时，爱与恨都已消散，我的心将如止水，平静地面对过往的波澜。因为我知道，有些爱情，一旦破碎，便如流水落花，一去不返，只留下岁月长河中的一声轻叹。

　　面海而居，不只是爱大海蔚蓝的浪漫；面海而居，还要拥有大海般的性格。真正的面海而居，是让灵魂住进来。

"我有一所房子，面朝大海，春暖花开"，当紫衣沉醉于海子诗歌之时，正是她多梦的韶华，似雨打芭蕉般的青春岁月。

这个生于内陆的姑娘，眼中常是潺潺的小溪、悠悠的小河，大海对她而言，是遥不可及的梦。这个梦，从诗歌的韵律中，从电视电影的画卷里，悄悄潜入她年轻而充满憧憬的心。

我们相识于一个全球华人社区，同为旅游区版主。"紫衣"是她的网名，至于真名，我们从未提及。

"亲爱的朋友，若能送我一座海景房，那该多好呀！"

"今日我又收获了一座海景房呢，心中满是欢喜。"

在版主群里，时常能看到她这般俏皮的话语，总是欢快地喊着让人送海景房，又满心喜悦地炫耀收到的数量。那所谓的"海景房"，不过是社区虚拟商场中的一种"礼物"，只需付出一千社区积分，便能拥有一座面朝大海的梦幻之居，成为那虚拟海景房的"主人"。

紫衣不仅是旅游区版主，还是社区的活跃管理员，浑身散发着可爱的气息，恰似春日里盛开的花朵，引得众人喜爱。所以，别说是虚拟的"海景房"，哪怕是真的，或许也有人心甘情愿地送给她。于是，她每日都能收获诸多的"海景房"。

在社区当版主，每月有五百社区分的"报酬"。为了给她送一座海景房，我付出了两个月的辛劳。当她得知后，那笑容如阳光穿透云层，灿烂而迷人，我知道，我哄得美人芳心大悦。

她好奇地问我是哪里人，我告诉她，我住在面朝大海的湛江。那是一片神奇的土地，三面临海，海岸线蜿蜒曲折，长达 1556 公里，似一条巨龙盘踞在大地与海洋之间。境内有东海岛、南三岛、硇洲岛、特呈岛、调顺岛等诸多岛屿，它们像是散落在大海中的珍珠，每一颗都闪耀着独特的光芒。我曾漫步于这些海岛，在那里停留、居住。她沉醉于我所讲述的海岛经历、奇闻轶事，那眼中闪烁的光芒，恰似夜空中最亮的星。最后，她发出了心底的呼喊：我要到湛江去！

我微笑着回应：好啊，南海的波涛欢迎你！在我的心中，这或许只是一个未曾见过大海的女子，在青春热血下的梦呓罢了。多少人曾怀揣着激情澎湃的梦想，却最终被岁月的车轮无情碾压，如泡沫般破碎，消散在风中，徒留一地鸡毛般的落寞。

有一天，我的手机响起。那甜美的女声传来，告知我她是紫衣，此刻正在湛江机场时，我才恍然发觉，自己是如此低估了这个追逐梦想的勇敢女子。

我带着她穿梭于湛江的大街小巷，漫步在金色的沙滩，登上那出海的船只。我们如同两只自由的鸟儿，翱翔在这片湛蓝的天地。海岛留下了我们的欢声笑语，海浪都见证了我们的快乐时光。我们下海戏浪，撒网捕鱼，捉虾挖蚝，体验着大海的慷慨。每晚，我们住在面朝大海的房子里，那可是真实的海景房！海风轻拂，似情人的低语，涛声阵阵，如古老的歌谣。我们枕着波浪入梦，仿佛置身于梦幻的摇篮，在大海的怀抱中安然睡去。

临别之际，她眼中闪烁着坚定的光芒，说道：我要嫁给湛江！我热烈鼓掌，回应道：大海欢迎你这个美丽的新娘。

回去后，她毅然辞去工作，如同一只勇敢的飞鸟，义无反顾地朝着梦想的大海飞来。在湛江，她寻得一份工作。不久后，与一个湛江小伙子步入婚姻的殿堂。我曾见过他们的婚纱照，那画面美得如梦如幻。碧海蓝天为背景，白浪银沙作点缀，船帆绰绰，鸥鹭点点。一对新人在海边嬉戏、追逐，他们的笑容比阳光还要灿烂。一排海浪涌上来，打湿了新娘子长长的婚纱，却也荡漾出银铃般花朵般的笑声，那笑声在空气中回荡。

她终于拥有了真正的海景房，实现了面海而居的梦想。那房子虽有些破旧，面积也不大，但当她推开窗，站在阳台上，大海便以最湛蓝的姿态呈现在眼前，那是一种无法言喻的震撼。海风多情地钻进衣袖，似在与她亲密拥抱，每晚还有海浪的伴奏。那些曾经在梦中出现过无数次的画面，如今都真实地展现在生活的画卷中。紫衣说，我每天生活在梦里！

那时，我以为，幸福从此便在这海景房中常驻。他们的爱情，如同涨潮的海，满满的。他们在海边漫步，每一个脚印都印刻着甜蜜；他们在夕阳下相拥，每一道余晖都见证着幸福。

生活的压力如暗流涌动。他们的房子是贷款买的，物价飞涨，曾经轻松可得的生活用品，如今却成了沉甸甸的负担。养家糊口的压力，压在他们的心头。就连那曾经被视为浪漫象征的咸腥海风，如今也变得恼人，它腐蚀着门窗，也侵蚀着他们的生活。指责与争吵，开始在这个曾经充满温馨的家中滋生，如同海浪拍打着礁石，"哗哗"作响，每一次冲击都让人心痛。

记得王蒙在《海的梦》中说过，大海"刚中有柔，道是无情却有情"。是啊，大海有着最宽广的胸怀，它容纳大川，不拒小溪，无论江河如何奔腾，无论溪流如何涓细，都能被它温柔地拥抱。大海最有性格，刚柔相济，无论是高潮时的汹涌澎湃，还是低落时的风平浪静，它都能等闲视之，宠辱不惊，云淡风轻。

我对紫衣说，既要享受大海风平浪静的柔美，也要接受大海风号浪吼的考验。面海而居，不只是爱大海蔚蓝的浪漫；面海而居，还要拥有大海般的性格。真正的面海而居，是让灵魂住进来。让灵魂在这潮起潮落中学会坚韧，在这风浪的洗礼中懂得宽容。在这大海边的生活，是一场修行，是与大海灵魂的对话。当我们能以大海般的心境面对生活的波澜，幸福或许就不再只是那短暂的涨潮，而是永恒的海洋之韵，深沉而广阔。

让我换了心情的你

风，你不再是凉风，是冷风了。

昨天上午温度还在 30 度，热得如同夏天。下午温度骤然下降，还下起雨，凉凉的，冷冷的。我从外面开车回家，冷风一路追随，手脚哆嗦，但一直不敢停歇。

我回到家赶快脱下短衫短裙，换上长衫长裤。从衣柜里翻出拉舍尔毛毯，拿下经夏历秋的凉席。铺好床，躺在床上，软软的，暖暖的，好舒服。又翻出去年的冬衣一件件试穿。还好，都合适。只是那些新买的秋衣，还没来得及花枝招展，就要躲进季节的角落。总是叹息，南粤没有秋天，南粤的秋衣没有舞台。

冬天，真的到了。

站在镜子前，看着镜中的自己，无悲无喜，一脸的淡然。就这么呆呆地看着自己，少有的自恋。

最喜欢那一头长发。闲暇的时候，无聊的时候，伤感的时候，放一些喜欢的音乐，在行云流水的声乐中，拨弄已长至腰际的头发，把它拢到胸前，又把它拨向身后。尝试着盘起，如无心出岫之云；把它编成小辫子，编成李春波村里的小芳。

那些顾影自怜、期期艾艾的时光，就从素手纤纤、柔发绵绵、缠缠绕绕间滑走。留下一地风清月白，余韵弥漫。

又该去洗头了，不知多久没自己动手洗过头发了。

丽人坊。喜欢这个名字，喜欢娉娉婷婷，袅袅娜娜那种感觉。

这里有常规的洗头，还有精油拉肩、全身按摩等多项服务。经常待在电脑旁，不时出现腰酸背疼，拉肩、按摩，正好可以消除疲劳。小梅的洗头按摩功夫，最舒服，最让我满意。每次去丽人坊都点她。到后来，一见我来了，她就主动帮我洗头。我们之间已经默契得不需要言语。

我成为这家发廊常客的另一个原因，是因为阿敏。一个发型师，一个二十岁出头、话语不多、略带青涩的大男孩。

阿敏总是赞我发质好，柔顺、有光泽。他抚摸我头发的样子，很是爱惜，如母亲抚摸婴儿的嫩脸，让我很是感动。每次吹发、做发型，他都十分用心，花的时间很长，不像有些发型师随随便便给你吹干就算了。所以每次去丽人坊我一定点阿敏。

后来，我们很熟悉了，他一见我就眉开眼笑叫"清姐"，我则叫他弟弟。整个丽人坊的人都认识我，我一进来，她们都叫道"清姐来了"。洗头，她们给我叫上小梅；吹发，叫上阿敏。

前年，阿敏给我烫卷了大波浪，还染了色。现在，颜色掉得差不多了，恢复了本色；波浪也不再波涛汹涌了，变得风平浪静。阿敏说，清姐，我再给你烫大波浪。你卷发特有气质，特有味道，风情万种，韵味十足呢。我说：不急，不急，等等看。于是，从春暖花开的季节，一直等到白雪飘飘，我还是那句话"不急不急"。

在这期间，我享受到了他给我百变的惊喜。有时卷曲，有时拉直，有时盘起，有时随意地扎成马尾，有时编成辫子……每种发型都有独特的美，带来不同的视觉享受。

换一种发型，换一种心情。

阿敏最喜欢给我弄成卷曲发。一小撮一小撮卷起来，再用吹风机一小撮一小撮地吹，最后弄成弹性十足的波浪。他做得非常认真细致，每次弄弯曲起码要半个小时。等他做头发的客人不少，但他从不因此偷工减料。有时，反而是我不好意思让别的客人等，叫他不用做得那么细心。

我曾经喜欢卷曲发。长发披肩的大波浪，像云朵一样飘然在头上，感觉自己就是风情万种、熟出媚味的女子。我也钟情有着一头长长卷曲发的女子。每次看见这样的女子从我面前飘过，忍不住转身，多看几眼。那种成熟女人的千娇百媚、风情万种的味道，叫我无法抵挡。

有段时间，我喜欢把长发盘起、梳成高高的髻，再插上漂亮的发髻。那种发型让我想起宋庆龄，优雅高贵、娴熟稳重，似是只可仰视不可近亵的贵妇人。而现在的我更多的是喜欢直发，常叫阿敏把长发拉直。长发披肩，柔顺、紧贴，像绵羊，温驯、软绵、乖巧地紧贴着。有一泻千里的明亮，又似是瀑布挂前川之写意，还有"采菊东篱下，悠然见南山"的原味。

阿敏却不太喜欢直发，说那样的发型满街都是，土气，虽显得清纯、年轻，但没有个性，比不上曲卷发有气质，有成熟的韵致，高贵的典雅。我却不管不理了。我就是要找回返璞归真的感觉，要贴心的暖暖的感觉。冬天到了，我要这种贴心的温暖。

风情万种，千变万化，生活会因此丰富多彩。无论曾经多么的千娇百媚，总有落寞、平淡的一天。也许平淡，最适合你。就如看尽风景，才知道哪一处最适合你；品尽美食，才知道哪一款最合你的口味。

在初冬的下午，蘸着拐进窗台的冬阳，写着这样的心语，突然想起《孝庄秘史》年轻时的孝庄，那个骑在马背上的年轻姑娘。尽管她后来母仪天下，仪态万方，在那万人中央，但最美、最让她情人难忘的，是马背上的那个姑娘，长发飘飘，模样如玉，一丝浅笑让他心发烫。

于是，忍不住搜索《孝庄秘史》的插曲《你》。曾经非常喜欢这首歌。

尘
世
中
爱
的
千
般
模
样

　　有人说，爱值得等待，那是一种对美好情感的执着期许。然而，我却深知，并非所有的爱都值得耗尽时光去守候，亦非所有的等待都能在岁月的长河中听到回音。就像春天的田野，虽充满生机，可未必所有的种子都能冲破泥土发芽，未必所有的花儿都能在暖阳下绚烂盛开。若有一种爱，如夜空中最璀璨的星辰，值得我们在黑暗中守望，那就等吧！哪怕等到明月被乌云遮蔽，失去皎洁的光辉；哪怕等到清风化作凛冽的寒风，不再轻柔拂面。

　　爱情，是一场神秘而又迷人的盛宴，女人往往是其中最深情者，也是最易受伤者。她们是情感的化身，为了爱，可如凤凰涅槃般复活，也能如飞蛾扑火般毁灭。在爱的漩涡里，她们甘愿放弃尊严，低下那原本高贵的头颅。张爱玲，那睥睨人世的倾城才女，当她遇见胡兰成，爱情的火焰便将她吞噬。面对这个几乎可以当自己父亲的男人，年轻貌美的她，"变得很低很低，低到尘埃里。但她心里是喜欢的，从尘埃里开出花来"。那一刻，她是如此高贵，却又在爱情面前卑微如蝼蚁。那低头的瞬间，是甜蜜的花开，也是卑微的幸福，仅仅为了他那依依恋恋的回眸，便将自己的全部身心交付。

女人啊，常常陷入爱情的悲哀深渊。她们爱上不该爱的人，如同飞蛾扑向烈火；爱上不归家的浪子，在无尽的等待中独自垂泪；爱上让自己伤痕累累的人，却仍在痛苦中挣扎。更为悲哀的是，即便被爱情折磨得遍体鳞伤，她们却不懂得放手，不愿意放弃，如陷入泥沼的困兽，不会抽身而去。明明是一粒微不足道的尘埃，在她们眼中，却被看作是巍峨耸立的高山；明明是一棵腐朽的枯木，却误以为是生机蓬勃的春天。她们在这自欺欺人的爱情幻梦中，迷失了自我，徒留满心的伤痛。

"男人不坏，女人不爱"，这话似有几分道理，却又藏着爱情的玄机。那些所谓的"坏"男人，自恋自信，勇于向心仪的女子发起进攻，那热情似火的追求如同汹涌的浪潮。他们富有情趣，懂得在平凡的日子里制造浪漫的惊喜，比那些老实巴交、木讷寡言的男人更容易触动女人的心弦。他们会在雨中，如痴如狂地赖在钟情女子的楼下，大声呼喊："我会等你，直到你答应。"那声音在雨幕中回荡，仿佛是爱情的誓言。他们会搂着她的腰肢，面对情敌时，像捍卫领地的雄狮般挥着老拳大叫："她是我的，谁都别靠近。"在某个月朗风清的夜晚，他们会像浪漫的侠客，翻进人家的后花园，把偷来的花轻轻插在她头上，再拔几根草编个草戒指给她戴上，那简陋的戒指在月光下却似世间最珍贵的珠宝。就像胡兰成曾对旷代才女张爱玲信誓旦旦："从今以后再也没有重重黑暗会淹没了你！你有我，你不孤独！无论世道多么乱，我会保护你，生生世世保护你，永远也不让你再吃那些苦了。"这般甜蜜的山盟海誓，如同一把温柔的刀，轻易地攻破女人的心防，让她们沉醉其中，无法自拔。在这"坏"的背后，或许隐藏着伤害的刺，可陷入爱情的女人却常常忽略这危险。

爱情的世界里，有一种遗憾如同刻骨铭心的印记，永远烙在灵魂深处。那是"君生我未生，我生君已老"的无奈，是时空交错的悲叹；是"还君明珠双泪垂，恨不相逢未嫁时"的惆怅，是道德与情感冲突的苦涩；是"使君有妇，罗敷有夫"的酸涩，是在错的时间遇见对的人的悲戚。这种遗憾的爱，无奈的爱，像一首忧伤的歌，萦绕在生命的旋律中，成为一生都抹不掉的记忆，恰似身上那颗与生俱来的痣，时刻提醒着我们爱情的无常与残酷。

爱，本是感性的狂欢，可长久的爱却需在理性的基石上舞蹈。"门当户对"并非陈旧的观念，而是爱情长久的秘诀。相近的家庭文化背景，是两人心灵沟通的桥梁；相同的兴趣爱好，是情感共鸣的琴弦；相似的人生价值观，是携手同行的指南针。当两人在这些方面差距太大，爱情的旅程便会如崎岖的山路，布满荆棘，难以走得太远，尤其是在婚姻的漫漫长路上。"灰姑娘"嫁给王子，那只是童话中的美丽幻想。就像猴子与鱼儿，它们可以相爱，可生活在一起却困难重重，除非猴子学会潜水，鱼儿学会爬树，然而这违背天性的改变，又谈何容易？

俗人常问：嫁给有钱人好还是穷人好？智者微笑着回答：嫁给舍得为你花钱的人。在爱情的天平上，舍不舍得为对方花钱，有时确实是爱的一种微妙表现。若他真心爱你，他愿为你付出一切，哪怕是仅有的最后一个铜板。张爱玲曾说，能够爱一个人爱到向他拿零用钱的程度，那是严格的考验。她并不缺钱，可当她花着心上人的钱时，眼中洋溢的是爱的海洋，那是一种对爱情全身心投入的甜蜜与幸福。

爱，是一场微妙的舞蹈，需要我们把握好节奏。爱应该有所保留，如同琴弦不能绷得太紧。相爱的人啊，总喜欢亲密无间，渴望了解对方的一切，追求灵魂与肉体的赤裸相对。然而，他们却不知，适当的距离是爱情的保鲜剂，能产生迷人的魅力；适当的保留是爱情的神秘面纱，能激发无尽的好奇；适当的离别是爱情的调味料，能增添别样的美感。若两人走得太近，如同刺猬与刺猬紧紧相拥，结果只能是彼此伤害，爱情的火焰也会在这伤痛中渐渐熄灭。

　　在这纷繁复杂的尘世中，爱情有着千般模样，或甜蜜，或苦涩，或幸福，或悲哀。我们在爱的旅程中徘徊、迷失、成长，感受着它的喜怒哀乐，品味着它的酸甜苦辣，如同在茫茫大海中寻找那座永恒的爱情灯塔。

多年以后

"每个人都有过去，就算你是一个杀手，也会有小学同学。"这是王家卫电影《堕落天使》中的一句经典台词。初听，击中心弦；再听，依然动容。多少年过去了，一直忘不了。

无论你是达官贵人，还是一介草民，甚至是杀手，你都有过去，都有童年，都有回忆。只要你读过书，就有小学同学。

童真，童趣，天真无邪，两小无猜，这些字眼会勾起你多少难忘、美好的回忆。如一坛发酵多年的老酒，越久越醇，芳香扑鼻。似一首婉转悠扬的短笛，唤醒你五彩斑斓的梦想。

早已步进成年的我们，整天为理想奋斗，为生活奔波，为情左右，童年如同一道渐行渐远的风景，模糊了，看不见了，最后变成一道痕，成了干枯的小河。偶尔看见那道痕，看见那条小河，逝去的往事，在记忆之门鲜活鲜亮，如潺潺的河水在耳边哗哗啦啦。

"小学同学叫你去野炊，去不去？"某一日，一个陌生而熟悉的声音向我发出召唤。

野炊，一个遥远而亲切的梦。虽褪了色，还是清晰地认得。

在"考考考老师的法宝，分分分学生的命根"的学生生涯中，野炊是学校丰富我们生活的最大仁慈。每当老师宣布要去野炊了，小小的我们高兴得如同过节，欢呼雀跃，夜里兴奋得睡不着，梦里还发出甜蜜的笑声。整天扳着小手指，仰起小脸，数着野炊的日子，盼望那一天快快到来。那些日子，教室里弥漫的都是野炊的味道，平时戒备森严的"三八"线，被兴奋的涟漪淹没，视而不见。

在附近的野外，我们带着食物、炊具，排着整整齐齐的队伍，跟在老师的后面，一路走向营地。

在较远的野外，我们坐上学校的包车。在年少的岁月里，汽车于我们还是奢侈品。能坐上汽车，是一件多么高兴的事。那个时候，就是平时闹别扭最厉害的同学，也变成了好朋友，搂抱在一起。

平时压抑的懵懂朦胧情愫，只有在野炊中才敢最大量释放。最记得，那个身穿白衬衫、蓝裤子，脚穿白球鞋的少年阿文。小小少年，英俊郎。成绩棒，人又好，不知迷倒多少女同学。胆子大的，就给他传纸条；胆子小的，只能暗暗地想。野炊分组都巴望跟他同组，近距离接触，嗅一嗅他的气息。分到跟他同组的，欢快得像小鹿。不能跟他同一组的，小脸晴转多云。

"野炊，我当然去。那里有多少儿时的回忆啊。"我记起那个陌生而熟悉的声音了，她就是我的小学同学英，我曾经的同桌。

同学聚会，似乎成了一股潮流，不断地汇集。我就参加过不少不同阶段同学的聚会。饮茶、吃饭、喝酒、唱歌、跳舞……形式最多的就是这些。小学同学相邀野炊，还是头一次。

也许是放假，大家都闲着；也许是童年的召唤，旧日友情的牵引，这一来，就来了几十号人马。坐上十多辆车，浩浩荡荡前行。

组织者早已备好东西，炊具、鸡、野餐罐头、面包、方便面、饼干、肉串、烤肉、零食……应有尽有。

我的小学同学，很多都已陌生。小学毕业后，我们先后考上不同的初中、不同的高中、不同的大学，甚至不同的研究生院。走上工作岗位，又有自己的圈子，各忙各的，难得见面。我们中不少人，从小学毕业到现在，是第一次见面。

手握着手，眼睛望着眼睛，从对方约隐隐约沧桑的脸上努力寻找当年的影子。当年那个"少女杀手"阿文，已变成大男人，虎背熊腰，还有稍微突出的啤酒肚。英俊脸，络腮胡子，少了少年的清纯，多了男人的酷味，还有岁月的沧桑。他大学一毕业就结婚，已是别人的丈夫，孩子他爹。那个一直暗恋他的女同学，不胜嗟叹。阿文挽起她的手，问你为什么不早说？情形让我们动容。众人起哄，叫他们来个拥抱，热吻。阿文很大方地张开双臂，环腰抱住她。她也迎接梦寐以求的拥抱。

他们相拥的那一刻，时间仿佛凝固，周围的喧嚣都消失不见。她的眼中闪着泪光，那是对逝去青春和未竟爱情的祭奠。阿文的拥抱虽有力，却也藏着一丝无奈，他们都知道，这个拥抱迟到了太久，承载了太多岁月的重量。然而，"思君令人老，岁月忽已晚"。有些东西是回不去了，回不去了，时光不会倒流。他们拥抱的不是爱，是寂寞，是遗憾。

一月的南粤，冬天的野外，气温宜人，风柔柔，草青青，树碧碧，就像是春天。其实春天就在不远处。我们的心情就如这天气。

童年已回不去，生活还要继续，把握好从今往后的每一天，不再留下遗憾。就像我们这次野炊聚会，它是对童年的缅怀，也是对岁月的审视。我们不能让遗憾继续在未来蔓延，每一个当下都是我们手中的珍宝，如同童年野炊时珍惜那难得的欢乐时光一样，用心对待，才不负此生。

第二辑

万物有灵

鹭鸟的天堂

我早就听说了你，从雷州半岛坡正湾里飞出的白鹭。

无数个夜晚，当明月挂窗台，你就在我梦里起舞，飞翔，欢鸣。你离我那么远，又那么近。

今天，我在一个叫坡正湾的村庄见到你，人间四月的你，春天的你，我梦中的白鹭。

你是候鸟，从清明节后到国庆节，在坡正湾的上空总会见到你洁白的身影。我打四月来，来得正是时候。在恰当的季节见到最美的你，这是一种怎样的缘分啊？白鹭！

村前那片原始森林就是你的生活区。那是一个绿波荡漾的海洋。远望苍苍茫茫，葱葱郁郁。四季常绿，拥碧叠翠，如同巨大的青纱帐铺展在村前。树木高高低低，错落有致，树冠盘枝虬节。佳木秀卉，碧草绵绵，芳香四溢。这哪是一片原生态的森林，分明是人间少有的仙境。是坡正湾人为你精心打造的美丽家园。

我在树林边近看你，登上村中赏鹭楼远望你。

你长得真美啊！身披洁白如雪的外衣，长着长而尖的铁色喙，细而长的青色腿。美得恰如其分，美得无可挑剔。碧水旁，你是临水而立的美人；苍山中，你是高贵的白雪公主。

我凝视着你。我想起来了，我早就认识你。你飞翔在千年的诗篇里，你盘旋在美丽的画卷中。

"两个黄鹂鸣翠柳，一行白鹭上青天。"你就是蓝天白云下洁白的诗行，你就是那只引领诗情上碧霄的白鹭。

"西塞山前白鹭飞，桃花流水鳜鱼肥。"你就是青山绿水间的白色精灵，你就是春天吹响的哨音。

你从杜甫的诗卷飞下，你从张志和的绿蓑衣里飞出。飞呀飞，飞过千年的时光隧道，飞过千山万水，飞到了这个叫坡正湾的村庄，一个如诗似画的人间仙境。你爱上这里，从此，在这里安营扎寨，繁衍生息。一代又一代，再也舍不得离开。人们把你的家园叫作"鹭鸟天堂，人间仙境"。

清晨，伴着第一缕晨曦，你从酣睡中醒来，伸几个懒腰，打几个哈欠，呼朋引伴，相邀相约。或成双成对，或是三五成群，倾巢出动，四处觅食。你洁白的身影与万道朝霞齐飞。诗情带梦惊飞起，搅动蓝天几片云。你飞到漠漠的水田，飞到青青的甘蔗林，飞到田田的荷塘。

当夕阳西下，黄昏来临，你披着满天的霞光，划着欢快的弧形，从四面八方飞回家。"山气日夕佳，飞鸟相与还"，这就是你的写照。一只，两只，三五只，很快，枝枝丫丫间，苍翠的树冠上，停歇着一个个白色的身影。一树梨花落晚风，"千树万树梨花开"。你如同五线谱上流动的音韵，你恍若平平仄仄的诗句。"一日不见如三秋"，阖家团圆，情侣重聚，这是你最快活的时光。眼神脉脉，爱意浓浓。拥抱亲吻，嬉戏追逐，"噢噢"欢叫，引颈争鸣。凌空起舞，舞姿翩跹。你描绘了一幅"白鹭黄昏图"。

村民看到归巢的你，翱翔飞舞的你，分享你回家的快乐，一天的劳累顿时消失。

村民说，你是给村庄带来吉祥的鸟儿，你是爱的使者。他们视你为村里的子民。自从你来坡正湾定居后，从此，毒蛇绝了迹，害虫消了影。村里六畜兴旺，一片祥和。

村民说，你是黎婆派来的神灵，你来报答坡正湾人的善良。

那年那月那日，村里来了一个衣衫破烂、面黄肌瘦的老婆婆，挂着长棍，拿着破碗，空的。就像鲁迅笔下沦为乞丐的可怜的祥林嫂。不过，她比祥林嫂幸运多了，因为她遇到了善良友好的坡正湾人。他们给她饭吃，给她衣穿，还收留了她。从此，老婆婆就在村里住下。村民很孝敬她，视如亲人，亲切地叫她"黎婆"。黎婆和村里的孩子曾救过一只受伤的小白鹭。黎婆仙逝后，她住的那个屋子盘旋着一群白色的鸟儿。它们就在坡正湾繁衍生息，跟村民和谐相处。这就是你啊，白鹭。

他们把你视作黎婆的化身，保护你，呵护你，给你创设最好的生存环境。全村老老少少，男男女女，都爱着你，哪怕是最调皮捣蛋的小孩子，也舍不得用弹弓对准你。

当外面贪婪的眼光盯上你，要用重金购买你的时候，坡正湾人严词拒绝，不为所动；当邪恶的枪口瞄准你的时候，坡正湾人一声断喝，让阴谋流产于黑暗中。

就在不久前，你有十一个伙伴受了伤，洁白的翅膀再也无法翱翔在蓝天下，再也无法翩翩起舞于林间。村民看在眼里，疼在心里，泪花在眼眶里打转。他们给你找了最好的医生，给你精心疗伤。终于，你又可以一飞冲天了。

　　我在坡正湾看到这样的画面：蓝蓝的天空，绿绿的田畴，白白的鹭鸟，沐着夕晖低低地飞；农人荷锄归，鹭鸟相伴随。这样的画面叫我无限陶醉，无限迷恋。满心喜爱。

　　在坡正湾，我愿是一只小小的白鹭。

春天的欢鸣

今年听到的第一声鸟鸣，是在西子湖畔。这是春天的鸣叫，春天的乐曲。

早晨的西子湖，水气袅袅，烟雾茫茫，水天一色。远处的山也是灰蒙蒙，空茫茫。远山、近水、花草树木，统统笼罩在烟雾迷茫中，像一幅淡淡的水墨画。好一个"淡妆浓抹总相宜"的西子湖啊。我站在湖畔，看着如烟似雾的湖光山色，呼吸着灵山秀水的氤氲气息，迷失在春风沉醉的烟雾中。

"啁啁"，一声，两声，三两声，我头上掠过清脆的鸣叫，划过欢快的音韵。那精致的鸣唱，就如这清晨透明的露珠，滑落我心底，打湿我的情思，溅起阵阵喜悦的涟漪。烟雾弥漫的早晨，因了这些悦耳的韵律，顿时变得明丽起来。

那是春天的欢鸣。

你看，春天的小鸟们情绪高涨，亮着嗓子放声歌唱。啁啁啾啾、呢呢喃喃、关关嘤嘤，一会儿大合唱，一会儿独唱。时高时低，时远时近，时有时无，时疏时密，此起彼伏，仿佛是比赛似的，婉转动听。它们唱着晨曲，和着春天的旋律，吹响春天的哨音。

长年生活在城市的格子水泥森林间，听到的常常是纷扰的嘈杂，刺耳的车鸣。这般的千啭百婉，莺歌燕语，简直是天籁。

一棵浓密的樟树里，两只鸟儿深情对望，啄着对方的喙，互相梳理灰花的毛发。它们是母子或是情侣吧。那散发在春天里的浓情蜜意，被多情的春风一路播撒，不经意间沾了我一身。我被深深感染了，赶快拿出相机，蹑手蹑脚地靠近、瞄准，刚要按下快门，"倏"的一声它们飞到另一棵树上，还得意地回头看我，嘤嘤唧唧地叫着，似乎在叫唤我。我跟着追上去。它们像和我捉迷藏似的，在我瞄准的当儿，又"噗"地不见了踪影。

不知是我和鸟儿有缘，还是西湖的鸟儿贪恋春光，那些知名的、不知名的鸟儿不断和我邂逅。有时在依依的柳树间，浓郁的樟树里；有时在光秃秃的梧桐树上，也见到它们灵巧的身影。甚至在湖里，它们掠过水面，翩若惊鸿；它们溅起水花，翩翩起舞。我满心欢喜。

鸟儿和西湖的小松鼠一样调皮，时而树上树下跳来跳去，嬉戏追赶，时而停留花间，飞到地上玩耍、啄食。神态自若，悠闲自在。湖边游人如织，摩肩擦背，但小鸟一点也不怕生。它们长年累月生活在美丽的西湖畔，大概已习惯这种热闹的生活，习惯跟人类和平相处，知道游人不会伤害它们。

最美妙的鸟鸣是在"柳浪闻莺"。想想，柳色青翠，春风掀起绿色的波浪；在一片柳浪中，传来阵阵的圆润清脆的莺鸣，那实在是美妙之至。

"柳浪闻莺"是西湖十大名景之一。这里流传着一个跟黄莺有关的美丽传说。黄莺鸟迷恋柳蒲的景色，变为美女，跟这里一个名叫柳浪的年轻人邂逅，结为连理。他们编织一床锦被，叫作"柳浪闻莺"。这个传说很美好很浪漫。

　　我沿湖漫步，向"柳浪闻莺"走去。远远地，就听到那黄莺的鸣声，高高低低，长长短短，清脆而婉转。

　　我站在湖畔旁，看着这春天的画面，欣赏着这"春鸟图"：惠风和畅，丝丝柳条轻轻柔柔地垂在碧波微微的湖面，似是一根根鱼竿伸向湖里，在钓鱼，在钓一个碧绿的春天。碧玉似的树上，两个身披黄衣裳的黄鹂鸟停歇树间"恰恰啼"，歌声圆润嘹亮，高低错落，极富韵律，赏心悦目。

　　这时，我只是欣喜地注视着那两只呢喃着春天的黄鹂，不敢再举起镜头了，生怕吓着它们。就让它们在翠柳间啁啾着春天的梦想吧。它们刚刚从严寒的冬天走出来，刚刚呼吸到春天温暖的气息，享受着春光的明媚。

　　剪一缕春光，坐在"柳浪闻莺"，聆听这春天的欢鸣。

　　我喜欢眼前这嘤嘤在绿树红花间的黄莺，更喜欢啁啾在千年诗篇、千年音韵中的黄莺。

　　黄莺早就被古希腊女诗人称为"春之使者，美音的夜莺"。在中国，黄莺最早出现在第一部诗歌总集《诗经》里："春日载阳，有鸣仓庚。"你看，春风微微，春光明媚，在碧绿的柳枝间，仓庚沐着暖暖的阳光嘤嘤鸣啼。这画面多么美丽！这意境多么迷人！诗中的"仓庚"就是黄莺。自《诗经》后，黄莺就经常"飞"进诗人的诗歌里，被文人骚客吟咏。俏丽的黄莺啁啾成一首首脍炙人口的诗篇，穿越时空，铺展千年的诗情画意，流芳千古。手执一卷书，随意打开，总能看到黄莺的倩影，听到她千年的鸣唱，比如"千里莺啼绿映红""上有黄鹂深树鸣""叶底黄鹂一两声"。如此美妙的诗篇，叫我爱恋不已。

唐代著名诗人杜甫是黄鹂的超级"粉丝"。他写的黄莺诗句，又多又好，有些还是家喻户晓。例如"两个黄鹂鸣翠柳""自在娇莺恰恰啼""隔叶黄鹂空好音"等。现在，人们常常把妙龄少女动人的声音叫作"燕语莺音"，这个比喻可来自他的诗句："哑咤人家小女儿，半啼半歇隔花枝"。他对黄莺的喜爱之情一览无遗。

南朝音乐家戴墉也非常喜欢黄莺，春天里，他常常"携双柑斗酒"，到林间听黄莺鸣叫，一听就是一整天，真是好情趣。

一只黄鹂从我眼前掠过。"一掠颜色飞上了树"，我脱口而出。徐志摩一定也是爱着黄鹂的，要不怎么把《黄鹂》写得这么美妙？黄鹂的色彩，黄鹂的动感，黄鹂所激荡起的欢欣、愉悦，无不惟妙惟肖，叫人欢喜。

一壶酒，一把琴，临风把酒闻鸟鸣，世事皆忘唯黄莺，如今还有多少人能享受到如此意境？人类要想继续享受黄莺的诗情画意，只有不断给它创设适应的环境，"一掠颜色飞上了树"的惊喜，才会时时闪现。

初春，我陪一位朋友到杭州中国美术学院办事。事毕，她想顺便拜访以画松鼠闻名的中国美院教授朱颖人。未果。虽然无缘一睹朱教授风采，却无意中见到他画中的"模特"——西湖松鼠。

早春的西湖，新旧交替的痕迹清晰可见。一边是春暖花开，绿树如盖，碧草如茵，繁花似锦；一边是枯树瑟瑟斗春寒。

最初见到松鼠就是在西湖旁边的法国梧桐树上。当时，在梧桐树光秃秃的枝枝丫丫间，有几个灰黑色的身影在跃动、追逐。在灰蓝色的天幕下，这些不断跳跃的灰黑身影，就像一个个律动的音符，又像一个个写在春天的感叹号。

我以为自己看错了眼，目光不由自主地随着那身影移动。等它们跳下树，在草丛中用鼻子左嗅嗅，右闻闻，这才看清楚，原来是松鼠！我又惊又喜，赶忙跑过去。

在我的印象中，松鼠是属于人迹罕至的深山老林的。它生活在这样的画面中：浓密的针叶林中，成群结队的松鼠在松林间嬉戏追逐，采摘松果；在密叶筛落的阳光下，美美地蘸着阳光吃果子，安然享受大自然的恩赐。

不承想，西湖也是松鼠的天堂，这些小精灵也属于画船载酒的西湖，而且还是西湖灵动的一笔。

在一棵枝繁叶茂的大樟树下，一只小松鼠在津津有味、旁若无人地享用早餐。小巧而清秀的脸上镶嵌着圆溜溜的大眼睛，显得精灵又可爱。全身灰褐色的皮毛，尾巴又粗又长，直起身子的时候，毛茸茸的大尾巴向上翘起。它用前爪捧起饲养员送来的水果，蘸着春风，不断地啃啃啃，那样子像极了向人作揖行礼的绅士，憨态可掬。

一个穿红色太空镂的小女孩，一看见小松鼠，马上欢喜地挣脱奶奶的手，从爷爷手里拿过几块饼干，递到小松鼠的面前，仰起春天般的脸，说道："小松鼠，给你饼干，吃吧！吃吧！"小松鼠毫不客气地拿走小姑娘递过来的饼干，大大方方地往嘴里送。一边吃一边用圆溜溜的大眼睛瞅瞅小姑娘，又瞅瞅围观的游人，一点也不生分。那神态仿佛说："真好吃，谢谢你！"小姑娘"咯咯"地笑了，友善的笑容也绽放在其他游人的脸上。

突然，我听到"吱吱"的叫声，这声音很清脆、很温驯，如同明媚的阳光从枝叶间渗漏，筛落一地，散在春天，一点一点冲击着我的心灵。松鼠的叫声原来也如此动人！也许它的叫声本来就动人，只是我们没注意到。正如很多美好的东西本来就存在，只是因为我们的忽略而错过。

"静坐时看松鼠饮，醉眠不碍山禽浴。"这是刘子寰《满江红》中的词句，这意境很美。我也享受着这意境，停下匆匆的脚步，悠然地坐在西湖边的长凳上，沐浴着暖暖的春光，看小松鼠在春天绿地毯似的草地上，怡然自得地追逐、奔跑、嬉戏、打滚。一只胖乎乎的松鼠"倏"地爬上树叶似盖的香樟树，用铁钩似的爪子勾住树枝，俯身探头，得意地向下看着同伴。那顽皮的神情似乎在说：上来跟我玩啊！一会儿，它又趴在树枝上，仰视上方，悠然自得。不知是欣赏白云飘荡，还是聆听小鸟啁啾，或是静听花开。那神态可爱极了！我情不自禁地用镜头瞄准它，轻手轻脚地靠近，想定格它春天的仰视。

西子湖畔，有不少人像我一样追拍松鼠，也有人架起画架在描摹。

我不由想起画家朱颖人。朱先生工作、生活在位于杭州南山路的中国美院，他钟爱西子湖畔的松鼠，观察了数十年，跟这些可爱的小精灵结下不解之缘。心追手摹，从20世纪的70年代开始画松鼠，一画就是三十多年，直到现在依然痴心不改。每当有人索画，朱教授欣然提笔作画的，总是他心爱的松鼠。在中国历代"松鼠画廊"上，恐怕没有谁像他那样如此倾情于松鼠了。

朱教授画的数百张松鼠图，可谓是一部精彩的西湖松鼠生存环境的变迁史。

创作于1991年的《古藤松鼠》，画面上的松鼠探头探脑，灵敏又机警，似乎生怕被人惊扰。当时的人环保意识不强，曾出现惊扰、捕捉松鼠的情况，甚至发生烹松鼠吃这样令人毛骨悚然的事。于是，松鼠不敢亲近市民，跟他们保持一定的距离。朱先生给这幅画题词："相距十数步，石间松鼠相逐，亦奔亦跳，初似嬉戏，复以寻找，尤带惶恐……静而观之却远我去也，何其怪哉？"这个题词就是对当时情形的真实反映。

从90年代后期开始，西湖松鼠交上好运。西湖人不但整治湖山景区环境，给松鼠提供了如同人间仙境的生态环境，而且环保意识提高了，人与动物开始和谐相处。人与山水，人与动物，构成千年西子湖最美的画面。朱先生欣慰地说："当今盛世，经济腾飞，保护自然尔亦有幸。"他把满心的欢喜挥洒在《梅花松鼠》图中。画中那只悠然自得、翘首望天的小松鼠，心情亦如红梅怒放，浓烈满树吧？

进入新世纪，西湖的生态环境和人文环境，更是如诗似画，成了名副其实的"天堂"了。松鼠在这个"天堂"里繁殖生存，数量比三十年前多了四五倍。朱先生看在眼里，喜在心里，又欣然提笔作画，描绘西湖新景象。

松鼠从开始的怕人到现在与人亲密无间，这个变化，折射出一个民族物质生活与精神风貌的变化。松鼠有幸，成了西湖三十年变迁的"见证者"；人类有幸，能与如此可爱的小动物和谐相处。

在西子湖邂逅松鼠，是我的江南行的一笔意外收获。是偶然，也是必然。创设良好的生态环境和人文环境，人类必然收获惊喜。

快活鸟

在广东新会天马村一个叫作雀墩的地方，有一棵长于明末清初的水榕树。古榕树独木成林，村民视之为神树，人丁兴旺的象征，自定乡规民约，不准砍伐榕树一枝一叶，不准捉拿小鸟。良好的生态环境，吸引了成千上万的鸟儿来这里安家，生儿育女。最多的是鹭鸟，当地人叫作鹤，认为鹤是一种吉祥鸟，禁止捕鹤，违规者被装入猪笼沉入河流。

几百年来，时序在变化，朝代在更迭，唯一不变的是，天马村人对雀墩上一树一鸟的爱护。爱鸟就是爱他们自己。村民把这种爱代代相传，当作一种责任。在这里，人、树、鸟和谐相处，其乐融融，形成了一道独特的风景。

雀墩这种奇特的景观，引起了人们的关注，也吸引了大作家巴金。七十多年前，他从上海千里迢迢来到新会，在新会朋友的陪同下，在清晨和黄昏两个时间段来到雀墩，看到了小鸟，写下了脍炙人口的名篇《鸟的天堂》。后来，这篇文章被选进小学语文课本。很多人就是从《鸟的天堂》中，知道新会有这么一个美妙的地方。现在，巴金笔下的"鸟的天堂"是一个湿地公园，叫"小鸟天堂"。

"小鸟天堂"是新会的一张名片，一道风景。不少人慕名而来，包括我。

在台山学习结束后，我打算去离台山不远的新会看一看巴金笔下的"鸟的天堂"。得知我有这种想法，去过的朋友劝我别去，说只有一棵树，什么鸟都没有！想看鸟的话，哪里没有啊？偏要花钱到新会看没有鸟的"鸟的天堂"！

"鸟的天堂"真的没有鸟了？巴金笔下的那些鸟都飞到哪里去了？新会人难道忘记祖训，不爱惜鸟了吗？

我不甘心。无论如何我都要去看一看"鸟的天堂"。如果我能看到，在碧水绿洲中，有数不清的鸟儿，在飞舞，在欢鸣，我也会凌风起舞；如果我看不到一只鸟，我就为"鸟的天堂"写一首哀歌！

在我的坚持下，朋友最后同意去新会。

下午三点多钟，我们到达小鸟天堂景区，购票准备坐船赏鸟。船二十多分钟才到，要等。

我走到巴金广场。广场中有一块白色的大岩石，像打开的书页，这本"书"上刻写巴金写的《鸟的天堂》。我在"小鸟天堂"，重读《鸟的天堂》，一字一句，读得很慢，很轻。

船来了，是木做的，枣红色，有篷顶。坐上木船，我选一个靠窗的位置，以方便观赏鸟儿。红色的船在一道碧绿的水间缓缓行驶。两旁是茂密的树木，水杉、榕树、灌木丛等，以水榕树为多。河水清澈见底，水下游动的鱼儿历历可见。这岭南的水乡如此秀美。

坐在我对面的是一对母女。女孩穿白色的连衣裙，梳着像新疆姑娘一样的小辫子。她在课本上学了《鸟的天堂》，嚷着要跟课本旅行。这天是周末，妈妈带她来到"小鸟天堂"。小姑娘趴在船窗，伸出头看河水，不时叫道："有鱼，好多鱼！"

枣红木船走了几分钟，除了绿树，就是碧波，看不到一只鸟的身影，甚至听不到一声鸟鸣。鸟的天堂果真是一只鸟都没有了吗？朋友从船舱内走到船舱外，看一看，又走回船舱内，又走出去，一脸的落寞。我觉得有点愧对她们，如果不是我坚持要来，她们才不会到这个传说没有鸟的"天堂"。

小姑娘也不看鱼了，跑到船舱外，一会儿又回到座位，嘟哝着："妈妈，这里不是巴金爷爷写的鸟的天堂吗？怎么还不见小鸟呀？它们飞到哪里去了呢？"她坐不住，又跑到船舱外。

"哗，那里有好多鸟！"我听到船舱外兴奋的叫声。

一道快乐的电流涌上我心胸。我也走到船舱外。果然，在船前方的左边，有密密的白点。"白点"飞起，又停在绿洲上。那是白鹭！我又是一阵欢喜。我最喜欢白鹭。

枣红木船离白鹭洲近一点了，白鹭不只是一个白点了，我看清楚它的模样：白身子，黑长喙，细长腿。真是俊俏极了！"所谓伊人，在水一方"，白鹭就是从《诗经》里飞出的那个临波而立的"伊人"吧？

白鹭很爱飞翔，一会儿从绿洲飞到树上，歇了一下，又从树上飞到树下的草地；一会儿从草地飞到绿树上，又扑棱着翅膀，飞到绿洲中，把长而尖的喙伸进水里，啄食着什么。

"好美的白鹭呀！"小姑娘拉着妈妈的手，叫着，跳着。

我的喜悦从内心溢于言表，跟小姑娘一样旁若无人地叫道："好美的白鹭呀！"朋友也兴奋不已，忙用手机拍白鹭。在小鸟天堂看到鸟了，而且是美丽的白鹭，这多么美妙！我先前的内疚被得意占领了。

枣红木船继续行驶，白鹭在我身后变成白点。"白鹭翔绿洲"图消失了，又开始了触目皆是绿，满眼都是翠。一只鸟都不见了。在南粤，最不缺少的颜色就是绿。尽管这时已是深秋，周围依然是碧绿一片。

刚才出到船舱外看白鹭的人都回到船舱内了，他们不再看碧绿世界了，拿出手机来玩。

我也回到船舱，坐在靠窗的位子上，百无聊赖地看着河水。过了一会，我突然觉得天好像暗了一些，紧接着听到各种叫声。我抬头一望，黑压压，灰蒙蒙，像飘荡的乌云。

"哇，好多鸟啊！"我惊喜不已，脱口而出。我迅速离开座位，走到船舱外。传说中独木成林的古榕树就在眼前！茂密如盖，万千条长长的气根垂挂下来，像褐色的帘子。有的垂到地上，有的垂到水里。气根正是榕树强大的生命力之源，使这棵榕树得以代代繁衍，生生不息，以至"几代同堂"，绵延成占地十亩、树冠覆盖面积达十五亩之多的"榕树家族"。

榕树上空、树中、树下，满满都是鸟！它们或飞到树上，或盘旋在空中。有的在树顶歇息，有的歇一会又飞。它们飞翔的姿态，就像神话中长了翅膀的小天使。有的鸟很大，我从来没见这么大的鸟，像一架轰炸机，从高空俯冲下来，颤得树枝抖个不停。在这欢聚的时刻，大鸟们大概想展示它们的雄姿，刚停下，又张开翅膀。"怒而飞，其翼若垂天之云"，我不由想起庄子的《逍遥游》。

鸟们边飞边叫，停在树上的鸟热烈回应。大家都不沉默，你呼，我唤；你唱，我和。场面热闹而温馨。我们平时听得最多的鸟鸣声，是清脆的"啾啾"声。而雀墩鸟的叫声很特别，嗷嗷，呜呜，哇哇。有的叫声大而尖，有的低而沉。有的像小孩子在斗嘴，有的像妈妈在着急地唤儿女回家。

这些鸟中，有野生鹭鸟、毛鸡、麻鹤等。最多的是野生鹭鸟，有的全身是灰色，有的是灰翅膀，白肚皮。真是：百鸟鸣古榕，一树一天堂！

枣红木船早成了兴奋的海洋，全船人纷纷涌出来看鸟，用手机、相机拍鸟，惊叫声、赞叹声不绝于耳。尤其是小姑娘，她的欢叫一声高过一声。

鸟还在我们头上飞翔、鸣叫。有的甚至飞到我们乘坐的木船上，调皮地看着我们。小姑娘跑回船舱内，从袋子里拿出曲奇饼干，放在小手上，叫停在船上的小鸟吃。小鸟瞅了瞅，啄一下她的手，拍拍翅膀，"啾啾"几声飞走了。

船到岸了，我们登陆，先在观鸟长廊看鸟，然后登上赏鸟楼，从高处赏鸟。透过大玻璃窗，我们看到对面，一条灰色的石船横于碧水中，河畔的翠林上布满白点，就像五线谱上的音符。

赏鸟楼上有几架望远镜，通过望远镜可以清清楚楚地看到河对面鸟的活动。那些白点原来都是白鹭！这时已是黄昏，早晨外出的白鹭都停在绿树上歇息，发呆，安安静静，斯斯文文，像淑女。它们刚刚从外面玩回来，大概累了，不想动了。我多么希望它们在水一湄，飞翔，欢歌，翩翩起舞。

一栋贴着红墙砖的三层楼房，静静地立于密林背后，默默地注视着前方的白鹭。不知道白鹭有没有注意到，红房子脉脉地注视，静静地守护。斜晖中，红房子，绿草木，灰石船，碧小洲，白鹭，构成一幅静美的"白鹭歇黄昏"图。

"人择邻而居，鸟择林而栖。"白鹭是一种很特别的鸟，对大气和水质十分挑剔，被国际环保界誉为"大气和水质状况的监测鸟"。凡是白鹭居住的地方，一定是生态环境状况良好。新会人坚持给鸟儿提供良好的生存条件，白鹭把家安在这里，就是对此处环境的肯定。

来楼上赏鸟的人轮流通过望远镜观赏白鹭。望远镜可以望得见鸟的活动，可看不清贪婪的人对鸟的邪念。一只野生灰鹭在市场上可以卖到 300 元左右，一些人利欲熏心，在古榕树周围偷偷拉网捕鸟，甚至在白鹭漫天飞舞的时候，举起枪向它射出罪恶的子弹。小鸟天堂的护鸟队员，很快抓住那邪恶的手，救起被打伤的白鹭。

现在，新会人更是爱惜"小鸟天堂"这张名片，爱鸟、护鸟蔚然成风。景区有护鸟队日夜巡查，天马村村民传承村风自动担负起护鸟的责任。学校把护鸟当作特色教育，组成"开心护鸟队"，学生主动保护鸟类。

鸟儿在这里快乐地生活着，成了"快活鸟"。每天早上，鸟儿成群结队出去活动，飞到新会等地沿海的红树林觅食；下午四点钟左右陆续回巢。所以，只有掌握鸟的生活习性才能见到它们，才能感受到"鸟的天堂"的美妙。

河中又有一艘赏鸟的船驶过，有人唱起歌。我想起田汉到天马村作的一首诗："三百年来榕一章，浓荫十亩鸟千双。并肩祇许木棉树，立脚长依天马江。新枝更比旧枝壮，白鹤能眠灰鹤床。历难经灾全不犯，人间毕竟有天堂。"

好一个人间毕竟有天堂！这里是名副其实的小鸟天堂！我庆幸自己的坚持。如果不是坚持，我就会与大榕树上的鸟儿擦肩而过，无缘见到雀墩上的白鹭。

很多美好的东西，就在于坚持！

鸽子啄着阳光的

在扶桑花如霞似海的时节，我在广场见到了你，鸽子。

见到你的一刹那间，我喜不自胜。只是那么一瞥，我就喜欢上你，鸽子。

你穿着或洁白或浅灰的外衣，配着红色的爪子，好轻盈好漂亮。你神态自若、仪态万方，像一个优雅的美女。你悠闲地在广场散步，高视阔步，不时点头，"咕咕咕"欢鸣，把和平的喜悦洒满广场。

你喜欢成群结队，时而一飞冲天，消失在密林岩石间；时而飞落地面，享受着万众的瞩目。

你享受着主人给你的喂食，享受着游客对你的宠爱。那么多游人围着你，你却没有一点生分之感，依然悠闲自在地享受着美食，享受着来自五湖四海的友善，享受着一束束目光的爱抚。天天如此，你已习惯了这种和平的生活。

不同肤色的游客围着你，闪闪的镜头追逐着你，如花的笑靥向你绽放。你凌空起飞，咕咕欢唱，像一幅中国年画。看，那个漂亮的姑娘张开双臂，如你一般，翩翩起舞。其他人也舞起来。广场因你这可爱的小精灵，变成欢乐的海洋。

我从那个漂亮的姑娘手里接过黄色的玉米，放于手心，明亮的阳光直射着我敞开的手掌。于是，我看到你，被我手掌里的光芒召唤。你点着头，唱着歌，以安闲的步态向我走来，啄着我手心里的玉米，啄着我手掌里的阳光，啄着我满心的欢喜。这情形实在是美妙，实在是难忘。我喜不自胜，我情难自禁，把玉米往上一抛，抛出我的快乐。你立刻飞起，如惊鸿掠过水面，掀起我心底喜悦的涟漪。

一个黑头发的小男孩追逐着你，你惊飞起，划着一道道白色的弧形。于是我看到你的身影，在神像里，在屋檐上，在灰白的岩石中，在茂密的林间。你迎空翱翔，自由自在。我看到你引诗情入碧霄，我听到你蓝天白云下的鸽语，那是一首首生命的哨音，和平的乐声。

我驻足凝视你。我不会忘记，你有一个动听的名字，叫和平鸽。

你的名字第一次出现，是在《圣经》中。那时的你只是叫鸽子，还没有叫和平鸽。还记得吗？那年那月洪水滔天，整个世界变成汪洋大海，诺亚方舟停靠在亚拉腊山边。危难之际，你奉诺亚之命，前去探看洪情。你早上出去，飞过千万里，直到黄昏时，才衔着橄榄枝回来，那是你从树上啄下来的橄榄枝啊。你不负使命，你让诺亚知道，洪水已退，人间尚有希望。

有一个叫毕加索的画家你应该不会忘记，他多次画过你。1950年11月，为纪念世界和平大会，他再一次画你，画中的你口衔着橄榄枝，展翅飞翔。智利诗人聂鲁达，给你起个非常动听的名字——"和平鸽"。从此，你成为世界和平的使者，你是和平、圣洁、幸福的象征，人们亲切地叫你"和平鸽"。你出现在哪里，哪里就有温暖的注视，热切的向往，美丽的梦想。

全世界的人都喜欢你，爱着你，希望每一个角落都看见你美丽的身影，希望每一天都听到你清脆的声音。

我会记得，你啄着我手掌里的阳光，你在蓝天白云下划着欢快的弧形；我驻足聆听你欣然的欢语，心情如扶桑花般灿烂美丽。

风雨中的白鹭

　　几年前，我出差东莞，刚住进预定的酒店，台风就赶到了。阿初的电话也来了。得知我已到东莞，她要过来看我。我说，风大雨大，你不必过来。她还是打出租车，冒雨赶到了我下榻的万江新区东江之畔的一家国际酒店。

　　台风天孤独寂寞，有老友来作伴，实在是幸事。我泡上芳香的茉莉茶，两人盘腿在沙发上聊天。

　　阿初是我年少时的朋友，我们有好多年没见面了，可以说音信全无。如果不是这次出差，偶然听人讲起阿初也在东莞，并拿到她的联系方式，或许就没有我们的东莞之约。我们年纪相仿，但她显得老气横秋，眉宇间有淡淡的忧愁，看起来比我老十岁。

　　我送我的新书给阿初，告诉她这些年我利用业余时间进行文学创作。阿初似乎不奇怪，也好像很惊讶。她说："你从小作文就好，成为作家不奇怪。奇怪的是，文学已边缘化了，你不随大流去赚钱，反而去搞文学。有信仰，有追求，不轻言放弃，这可能是你显得年轻的原因吧？"

阿初告诉我，大学毕业后，她先在经济欠发达地区当一名老师，嫌工资低，跳槽到东莞一家公司，成了新东莞人。老板移民国外，她和朋友合伙接手这家公司。"公司还不错……"她只说了一半，就只是低头喝茶。"这茶真香！"她起身，站在巨大的落地玻璃窗户前，拉开窗帘布，叫我看窗外。

窗外像一幅画，有风，有雨，风雨合作，搅动漫天的疯狂。风雨中的东江，像一条蛟龙蜿蜒在我们的面前。当风雨狂作时，"龙"像要跳窜出来，江水滚滚咆哮；当风雨稍作歇息时，"龙"变得温驯起来，江水缓缓流动。

在我们右手边，一座红色的特大桥飞架在东江两岸。我问阿初这座桥叫什么名字，她有些不好意思，说经常经过这里，但每次都匆匆忙忙，不知道桥名，更没有时间欣赏它的美。我说，可以想象，风平浪静的时候，波光粼粼的东江水，倒映着桥影，如同天上的彩虹，落到东江水面上，那就叫它"彩虹桥"吧。给它一个诗意的名字，让劳碌的生活多些美意，多些遐想。

我们的目光从"彩虹桥"转移到它的左边。一片绿洲像绿野仙踪的仙子，卧在东江水中。绿洲长满绿色植物，有高大茂密的树木，低矮的灌木丛，碧绿的草地。在寸土寸金的东莞市区，居然保留如同仙境的绿洲，太难得。

我们正感慨着，突然，一个白点箭一样地从绿洲中飞出，两个，三个……它们伴着风，淋着雨，勇敢地飞翔。从一棵被风吹倒的树飞到另一棵树，飞到低矮的灌木丛中。

"是白鹭！"阿初惊叫道。我也看清楚了，真的是白鹭！

"白鹭鸟真美呀！白得纯洁，美得让人怜爱。它是仙女，是美女子。我喜欢白鹭。"我说这些话没有一点矫情，全是肺腑之言。

受我的影响，阿初也热烈赞美："是的，白鹭真漂亮！别说深得像你这样的文人骚客喜爱，连我这样整天为稻粱谋的俗人也喜欢。"

我告诉阿初："我在很多地方见过白鹭，每次见到这可爱的小精灵，我都要驻足凝望。雷州半岛坡正湾的白鹭、新会小鸟天堂的白鹭……我曾不惜笔墨，尽情为它们书写。我没想到，在东莞这么一个纸醉金迷的地方，有这么一片绿洲，见到如此勇敢的白鹭。我是第一次见到台风中飞翔的白鹭！"

我想起高尔基的《海燕》，这白鹭堪比高尔基笔下不惧暴风雨的海燕。

"来东莞这么多年，我也是第一次在台风天见到白鹭。没想到看似娇弱的白鹭敢在暴风雨中翱翔。它们是勇士！"阿初感慨。

我们继续看窗外的白鹭。一只白鹭，不敌狂风，跌倒在绿洲。我和阿初的心一下子提起来，但见那只白鹭稍作歇息，振动翅膀，又继续飞翔。我们不约而同地为它的勇敢鼓掌。

"阿清，你写写东莞的白鹭吧。"阿初说。

"会的，总有一天我会写我们今天看到的白鹭。"可是，几年过去了，我一直没有写风雨中的白鹭。很惭愧！

今年夏天，我来东莞参加一个文学活动。阿初知道后，马上帮我订好酒店，说请我住，要跟我好好聚一聚。

阿初开新买的宝马车来南城车站接我。眼前的她浑身充满活力，人也显得年轻，意气风发。她特意开车上"彩虹桥"，告诉我，"彩虹桥"

的名字叫东莞水道特大大桥。她让我在"彩虹桥"眺望"白鹭洲",寻找灵感。

她的车子停在东江畔的那家国际酒店。这正是我几年前和她一起看白鹭的那家酒店,她特意订的。

像几年前一样,我们又泡茶,在沙发上盘腿深聊,看窗外绿洲上飞翔的白鹭。我们依然怜爱白鹭之美,记起它们在台风中翱翔的英姿。

这次,阿初不再遮遮掩掩,敞开心扉跟我聊她的东莞创业故事:白手起家,艰难打拼;小有成就,踌躇满志;陷入危机,风雨飘摇;同伴卷款,雪上加霜;四面楚歌,沮丧失落;重拾信心,渐入佳境。她的故事就像一部小说,一波三折,起起落落,有忧有喜。

"那次我们在东莞见面,正是我的事业挫折时,我不想跟你讲不开心的事。是风雨中不屈不挠的白鹭给了我极大的鼓舞。还有你,阿清,在最低落的时候,你没有堕落,而是用文学拯救自己,走出人生的低谷。"

我为阿初鼓掌。她说得对,生活中,风雨无处不在,就看你敢不敢飞翔。你不坚强,没有人替你勇敢。

油菜花香蝶儿醉

南国的初春，已是百花争艳，草长莺飞，让人对大自然的恩赐充满感激。而北方这个时候，仍然是白雪飘然，春寒料峭。

春天如此美好，应该留下什么，才不辜负这大好春光。

我想起位于九洲江下游、北部湾畔的廉江市安铺镇。这是一个有着近六百年历史的古镇，曾与顺德容奇、中山小榄、东莞石龙并称为"广东四大古镇"。我曾经去过商埠安铺。镇内名胜古迹众多，有保存较完整的骑楼商铺街，有久负盛名的安铺美食，尤其是安铺白切鸡和鸡饭很有特色。近几年，安铺每年都办美食节，吸引省内外的食客慕名而来。

而春天，安铺最美的应是油菜花吧。我的一个喜欢摄影的朋友，曾传给我看她在安铺拍的油菜花。一看那油菜花，顿时，一片片，一畦畦，波浪汹涌般黄澄澄的花海，在我心头荡呀，漾呀，摇曳生姿，难以停息。那是一首首金黄色的田园诗，一幅幅气势恢宏的图画。那是一种怎样的美啊，铺天盖地，那样壮观，那样叫人震撼！

我对油菜花的向往，就像对热恋的情人，每每想起心中便醉成花海一汪汪，柔情蜜意一腔腔。

　　我对阿明说，我们去安铺，先拍油菜花，再吃安铺鸡饭。

　　阿明说，油菜花有什么好拍的？农村到处都有！是的，对于在乡村长大的人来说，油菜花再熟悉不过了，没什么惊人之美，没什么特别之处。对于熟悉的东西，人们往往习惯于熟视无睹，习惯于忽视，难以发现其中的美。很多美好的东西，就是这样在我们身旁无声无息地溜走。正如著名的雕塑大师罗丹所言："生活中不是没有美，而是缺少发现美的眼睛。"美是无处不在的，就如空气一样总在我们身边。就看我们对美的发现，对美的判断，对美的取舍。

　　在我心中美成诗的油菜花，在阿明眼里只不过是田地里普通得不能再普通的东西。这就是对美的不同理解吧。幸好，他最终还是同意陪我去。

　　这是一个星期天。天高云淡，风和日丽，清爽宜人。我只穿一件长长的薄薄的衬衣，正合适。

　　我们开着车在乡村沿路寻找油菜花，捕捉我渴望的美。一路上，没有出现像罗平、婺源那样气势磅礴，令人叹为观止的花海，只有一小块一小块的油菜花地。每看到一处油菜花，我就兴奋地叫起来。

　　"这里有油菜花！"我们把车停在大路旁，向油菜花奔去。

　　油菜花长得很高，差不多没我胸口。虽然比较稀疏，没有那种你挤我拥的壮观，也没有被花潮花海淹没的惊叹，但置身其中，依然涌出无限的快意，绵绵的美感。在我看来，这些小小的油菜花都非常美。美是以各种形态呈现，各有千秋，大家闺秀有大家闺秀的大气美，小家碧玉自有小家碧玉的婉约美，就如山有山的壮美，水有水的阴柔美。

在黄澄澄的花瓣上，不时见到蜂飞蝶舞。在这初春能见到蝴蝶，这真是太神奇了，我惊喜万分。那些蜂儿、蝶儿在花间，嬉戏追赶，采花酿蜜，流连沉醉，久久不舍离去。它们就像五线谱上的一个个快乐的音符，如静谧山林间叮咚作响的股股泉水。这小小的油菜花地，因了这些小精灵的造访而充满了动感，更加生机盎然。而它们也给了我灵感，给了我激情。我被深深地吸引了，目光被紧紧粘住，久久难以移开。

我要把镜头给这些小精灵，还有那纯朴而美丽的花儿。

油菜花地的蜂儿真多。有的醉情于花蕊，有的在花间快活地飞来飞去。有的大大方方地摆出姿势任我拍；有的故意跟我玩起藏猫猫，刚刚看到它们停在花间，我悄悄靠拢，它们似乎浑然不知，当我举起相机要拍摄的时候，却忽地不见了，真是"飞入菜花无处寻"。

我不丧气，继续猫着腰，蹑手蹑脚地跟在它们后面，又悄悄地选择拍摄角度，调整焦距。每个动作都小心翼翼，唯恐惊吓了这些小精灵。有两只蜂儿正一左一右停在一株油菜花上，像深情对视的情侣。一阵微风吹来，油菜花和着风的节奏，娇羞地扭动身姿。而那两只蜂儿，依然纹丝不动地趴在花上。也许它们正忙着跟花儿甜言蜜语，热情亲吻拥抱呢。我热切的目光，它们一点也不察觉。"咔嚓""咔嚓"，在我按下快门那一刻，它们才从温柔乡中惊醒过来，似乎带着半点恼怒，一点羞涩，拍拍翅膀，头也不回，"倏"地飞走了，我跟着追，很快不见了它们的踪影。

在花间跑来转去，真有点累了，干脆坐在田埂上，眼睛却是不知疲倦地左看右瞧。就在我转身准备离去的时候，突然看见一只蝴蝶停在一棵不怎么起见眼的油菜花上。那是一只长着白色翅膀的蝴蝶，就像一个穿着洁白衣裳的仙子，悄然降临人间。我一阵兴奋，轻轻地走到它身后。屏着气息，生怕一哈气，弄醒这个白色精灵的花间梦。这么近距离跟蝴蝶接触，在我的人生经历中还是屈指可数。

"咔嚓"，蝴蝶的倩影在这一刻定格。我想再一次定格，那蝶儿却是忽地飞走了，任我怎么追赶，却是再也找不到它的影子。

在这次所拍的几十张图片中，我最喜欢的就是这张"蝶恋花"。每次定定地看它的时候，我就想起初见它时的惊艳，那份不期而遇的惊喜，还有我们在花间追赶它时如油菜花盛开的喜悦。

油菜花地有几个安铺妹子也在拍照。她们都很漂亮，安铺妹子的美丽跟安铺美食一样有名。田野中，她们青春的气息，美丽的容颜，给春天增添了光彩，成了油菜花地里一道靓丽的风景线。

第三辑

幸好有你

珊瑚·守护神

　　在祖国大陆最南端的徐闻，我们欣赏完海底珊瑚后，又坐詹伯的小艇回海岸。对珊瑚，我们意犹未尽，一路上聊的都是珊瑚。詹伯很健谈，也很乐观，说起珊瑚如数家珍。由此我们获知，一个64岁的珊瑚守护人跟珊瑚不平凡的故事。

　　在徐闻角尾乡，有一条与海南岛隔海相望的渔村，叫西坡村。詹伯跟他的祖祖辈辈一样，生于斯，长于斯。他们常到灯楼角一带的海域抓鱼捉虾捕蟹，养活家小。灯楼角是北部湾与琼州海峡的分水线，南海与北部湾两股海流在此激情交汇、碰撞，形成奇特的自然景观。交汇的海流带来大量有利于海洋生物繁殖的有机物、营养盐等。那时的海水是纯净的，没有丝毫的污染；那时的海洋资源是丰富的；但是随着人类的过度捕捞，海水的受污染，海洋生物渐渐减少。

　　改革开放后，外面的精彩世界吸引了詹伯，他背上简单的行囊，先后到海南、香港等地闯荡。在花花世界，他历尽艰辛，看尽世态炎凉。

2001 年，一次难忘的经历，留下了詹伯漂泊的脚步。这一年，海洋大学教授、专家组来到灯楼角珊瑚礁自然保护区，调研海洋，考察珊瑚。从香港回来探亲的詹伯，跟着专家给这里的珊瑚打氧气。专家说，珊瑚被称为"海洋生态雨林"，是海洋状况的晴雨表。如果海洋受污染，环境变暖，捕捞过度，就会导致珊瑚礁数量减少。相反，如果保护好珊瑚，受益的是人类。因为珊瑚具有多种作用，除了众所周知的观赏价值和艺术价值，珊瑚还能起到降低赤潮、净化海水的作用，跟渔民的切身利益息息相关。还有一点，珊瑚可使鱼类资源增加 30% 以上！

专家的一番话使詹伯大受裨益。他虽然生长在海边，熟悉珊瑚，但珊瑚具有这么多作用，跟人类利益如此攸关，他还是头一次听说。詹伯决定不再去香港，留下来守护美丽的珊瑚，守护美丽的家园。

十多年来，他尽心尽力守护灯楼角这片海域的珊瑚，当珊瑚的"守护神"，当环境监测员，还当宣传员，向游客宣传珊瑚知识。最为难能可贵的是，他做这一切完全是义务的，没要过政府一分钱。

为了美丽的珊瑚，詹伯失去了不少经济上的收入，但他得到的回报更多。每天，清澈见底的大海用纯净的怀抱拥抱他，珊瑚向他绽开美丽的笑容，大量的海洋生物捧出丰富的馈赠。

2012 年中央电视台《远方的家——沿海行》栏目摄制组，来到灯楼角珊瑚礁自然保护区拍摄，詹伯全程陪同，讲解珊瑚知识，带摄影组的成员看南海与北部湾两股海流的激情交汇线，驾着小艇带他们看海底珊瑚礁群。漂亮的主持人吴丹拿着詹伯自制的潜水潜望镜观赏海底珊瑚，兴奋得连连尖叫，大赞"太神奇""太美妙"。

珊瑚是人类的共同财富，保护珊瑚就是保护人类自己。在徐闻，充当"珊瑚守护人"的不只詹伯一人。徐闻人民政府制定有关政策，明文保护珊瑚礁，为珊瑚繁殖保驾护航，给珊瑚礁保护区一片纯净的天空。

说起往事，詹伯兴奋，又感慨，情不自禁唱起童安格的《把根留住》：

"一年过了一年

啊，一生只为这一天

让血脉再相连

擦干心中的血和泪痕

留住我们的根"

是的，詹伯把根留在灯楼角，留给这片美丽的珊瑚礁。

"你们运气真是太好了，见到海底活珊瑚是你们的缘分。有些人来十次八次，都是满怀希望而来，又失望而去，一次也没见到。你们真是太有福气了！"从带我们来看珊瑚的路上，到看珊瑚的过程，再到我们回到海边上岸，詹伯不止一次地说我们有缘分，有福气，太难得了。

是的，我们能看到海底活珊瑚真是很有运气，因为珊瑚不是随便就可以看到。

珊瑚很"娇气"，很讲究生长条件。水质不好，珊瑚不生长；水温太高或太低，它也不生长。只有那些水质好、温度适宜的海域，珊瑚才愿意安家。徐闻给了珊瑚适合的生存环境，成了珊瑚的"乐土"。

看海底活珊瑚要掌握规律，不是想看就能看到。退潮，或者是春暖花开的时候才容易看到珊瑚。看珊瑚最好是"天好（天气晴朗）、流可（退潮）、水真（清澈透明）"。

我说："托詹伯的福，我们才见到珊瑚。谢谢！"我说这话是发自内心的。我多次来徐闻，或是纯旅游，或是公差，或是搞摄影采风，但没有一次见到海底活珊瑚，留下几许遗憾。而这次来角尾，恰好是在生机盎然的四月，又恰好遇到退潮，海上风平浪静，海水清澈见底。这么多的恰好，不是缘分，不是福气，又是什么呢？

感谢珊瑚，让我在人间四月天与你相遇。

感谢像詹伯这样的徐闻人，悉心保护好祖国大陆最南端这片海域，给美丽的珊瑚提供优质的生存条件，给世人纯净的碧海蓝天。

其实，看似偶然的福气，实质上是各种必然因素发酵的结果，散发出的迷人芳香。如果没有徐闻人保护好珊瑚，任唯利是图的人乱开采，我就算来千百次，也没有美丽的珊瑚向我频频招手，向我展示千娇百媚。

保护好珊瑚，才会有神奇，才会有美丽的相遇。

保护我们的生存环境，就是保护人类自己，才会有人类的福气。

我的高考往事

十年磨一剑，高考就是剑锋出鞘的大比试。

那一年，我的"大比试"留下许多难以忘怀的往事，还有我终生难忘的老师。

我不能忘怀的是黎老师，我的高三英语老师。对他，我一直心存感激，还有挥之不去的内疚。

上到高三，我和其他几个成绩拔尖的同学被黎老师挑中，进到他的"英语小组"。每天下午放学后，我们就到他家吃他精心调制的"小灶"。黎老师知识渊博，讲课深入浅出，通俗易懂。我们喜欢听他的课。

他住在学校分的两间平房，中间有一个天井。后面一间房隔开，一半住人，一半当厨房用。前面一间也是一分为二，中间一面布帘，隔成客厅与卧室。客厅中间放着一张圆桌，这就是我们的"课桌"了。

他妻子在学校当临时工。我很少见到他妻子跟年幼的儿子，倒是后面不时传来他母亲压抑的咳嗽声和中药味，但从来没见她露过面。大概是不想影响我们补课吧！

他额外给我们补课完全是无偿的，连印发的学习资料也是免费提供。对家在农村的学生，还常常留他们在家吃饭。当我们提出要给他点补课费时，他淡淡地说："你们要是想报答我，就给我学好一点，考上漂亮的大学，别给我丢脸！"在物欲横流的社会，多少人为了钱不择手段，甚至出卖人格，像他这样的老师简直是凤毛麟角。其实，他家很穷，上有年老的父母，下有嗷嗷待哺的孩子，妻子又没有正式工作，经济捉襟见肘，他那点微薄的工资撑起全家的希望。每次闻到他家散发出的寒酸味，看到他充满期望的目光，我心潮澎湃，感到有一股无形的力量催促我不断向前。我暗下决心，要好好学习，好好报答老师。

黎老师有一个致命弱点，就是脾气暴躁，批评学生不留情面，让人难以接受。班里哪个学生学习达不到他的要求，或是成绩有一点点滑坡，他恨铁不成钢，就像妇人骂街一样很伤自尊地骂：

"你真是二百五！"

"知道猪笨，没想到你比猪还笨！"

"懒得像虫还想考上大学？趁早捡书本回家吧，别在这里丢人现眼！"

不少同学被他骂得哭鼻子，心里恨透了他，一些英语成绩本来就不怎么样的同学，一到他上课就睡大觉。高考结束后，有一次班里有几个男同学，与黎老师在校门口狭路相逢。他们故意堵在门口，眼睛望天，不跟他打招呼，也不给他进校门，场面非常尴尬。

幸运的是，黎老师从来没有骂过我。在所有的学生中，他最疼爱我，跟我说话总是慈眉善目、轻声细语。他的偏心非常明显，连我自己都感到不好意思。

那时的我属于"两耳不闻窗外事，一心只读圣贤书"的书呆子，性格比较内向，少语寡言，跟其他同学也不怎么来往。每天骑着自行车上下学，独来独往。同学们在背后悄悄叫我"独行侠"，一直到毕业后我才知道自己有这个"雅号"。

高三生活是单调的、枯燥的，还有各种有形无形的压力。尽管如此，情的种子还是悄悄地萌芽，破土而出。"哪个少男不钟情，哪个少女不怀春？"歌德说对了。是的，十七八岁的少男少女心事最容易潮湿，眼睛最容易变得不安分，喜欢偷偷地在异性的身上做扫描运动。高考的压力阻挡不了情感的闸门，阻挡不了如火如荼的青春释放。校园内，多情的纸条在悄悄传递暗夜的思念，成双成对的身影演绎年轻的激情，憔悴的容颜写满相思的煎熬。班里有些同学被这股"情风"吹得晕头转向，牵着她的手，跟着感觉走，结果成绩一落千丈，无缘问鼎大学。

在灰尘也变得暧昧多情的青葱岁月，不知是我晚熟不解风情，还是我对感情"免疫力"过强，我对温情脉脉的目光视而不见，安之若素，不为所动。

于是，黎老师表扬我的内容又增加了。他最喜欢用对比手法："你们这些人……你看人家……好好学学吧！"我理所当然成为老师心目中品学兼优的"明日之星"。在品学兼优的刺眼光环下，我的自尊心、虚荣心日益膨胀、扭曲，吹弹可破。它就像一把双刃剑，一方面促使我不断前进，不敢松懈；另一方面，使我容不得失败，听不得一句不顺耳的话，哪怕是一句很轻的批评，我也会闷闷不乐。

在高考前的一次摸底考试，我的数学考得不是很理想。黎老师不点名地批评："有些人仗着有点小聪明，学习放松了。我告诉你，如果数学拖你后腿，你就别想考上重点大学！"他的眼光严厉地停在我身上，犹如一把利刃向我刺来，我脆弱而高傲的心，一点一点地碎裂。

我情绪低落，一拿起课本，仿佛看到黎老师怨怒的目光，听到嘲笑的声音。我学不进去了。

我开始埋怨黎老师，不敢正视他，见到他就远远地躲开，也不敢再到他家学习英语了。那时，如果黎老师发现我的变化，主动找我谈心，解开我的思想疙瘩，我会欣然继续跟他学英语的。

很快，填报高考志愿。"英语小组"的同学几乎全部填报英语专业。"你报英语专业吗？"他们神情怪异地问。我已离开"英语小组"了，也填报英语专业的话，那不是给他们笑话？于是我一直在等，在拖，迟迟不填表。我希望黎老师来到我身边，柔声细语地劝我。这样，我就能找到一个下台阶，欣然填报我所钟情的英语专业。我盼呀，望呀，望穿秋水，黎老师始终不出现。

在职业的选择上，曾经当过教师的母亲坚持要我报师范类，说女孩子当教师斯斯文文，工作稳定，待遇也不错，还有寒暑假。父亲也持这种观点。在我五彩缤纷的少女梦中，做得最多的就是读外语，当翻译，将来出国留学。还有就是像父亲一样当警官，从来没有想过要当教师。

最终，我没有报考英语专业。在放弃英语那一刻，我竟然有一丝报复的快感。那快感，渗透着多少酸楚，无奈与泪水！现在回忆起来仍然心酸不已。

其实，报复的是我自己。高考志愿表交上后，我一直郁郁寡欢，怨悔交加，最终病倒。

那一年的高考我发挥失常，所有的人都大跌眼镜，一直视我为"种子选手"的老师更是失望至极。这场高考是我一生的遗憾。每当回忆起高考这段往事，丝丝遗憾还是如秋天的柳絮，临风飞起，纷纷扬扬。

多年后，我遇到了黎老师，他已发如霜染。跟他聊起当年的高考，以及一直以来的遗憾。他听后沉默良久，叹息："你当时年少啊，而我也太大意……"

是的，当时年少意气盛，我已为此付出代价。如果我当年懂得释怀，就不会留下终身的遗憾。然而人生没有如果，也无法回到原点了。

人总是在挫折中成长。无论岁月是如何的物换星移，也无论世事是如何的沧海桑田，我永远不会忘记黎老师，不会忘记这段往事。

如莲女子

　　碧绿的莲叶翩跹在脉脉的清波上，洁白的莲花娉婷于田田的莲塘中，和风娇羞，惹人怜爱。

　　这美丽迷人的画面，是她新出版的散文集《莲开的声音》的封面。打开散发着油墨香的《莲开的声音》，我看见，作者像中的她，身穿洁白连衣裙，婷玉于一池莲荷前，抿嘴浅笑。她凝视着远方，仿佛思考什么，回忆什么。

　　我则回忆起跟她相处的时光。我早就在报刊读过她的文字，只是没有见过面。直到 2013 年，我们一起参加广东省作协主办的作家高级研修班，并同居一室，才近距离接触她。

　　她自我介绍，说名字有"彩色的风铃"之意，微信名为"一瓣浅黄色的玫瑰"。风铃、浅黄色、玫瑰，能想出这么有诗意名字的女子，该是怎样的女子！

　　我眼前出现这样的画面：碧海、银沙、椰林，一幢朝南的房子，精致的方格子窗上，挂着一串漂亮的风铃。清风徐来，风铃随风舞动，发出叮叮咚咚的声响。悦耳，又悠扬。铃声从窗内飘出窗外，扯着风的衣裳，飘得很远，很远。靠窗的白色藤椅上，坐着一个优雅的女子，浅黄色的长裙袭地，手中捧着一本书，津津有味地读着，嘴角挂着一抹浅笑，像蒙娜丽莎般朦胧。她面前的玻璃圆桌上，一瓣浅色的黄玫瑰，发出幽幽的清香。风铃声牵动她的目光，她放下书本，缓缓走到窗台，凝视着风中的彩铃。

金岳霖先生爱恋美丽的才女林徽因，为她终身不娶，称其是"一身诗意千寻瀑，万古人间四月天"。而在我眼里，"彩色的风铃"也是一身诗意的女子，是可亲可爱的文友。她总是轻声细语唤我"黑马"（岭南师范学院的龙鸣教授写过我，称我为"黑马"）。我叫她"黄玫瑰"。嘴上叫唤"黄玫瑰"，心中暗香浮动，春意盎然。我很享受这种感觉，享受喜爱文学的女子之间那种惺惺相惜。

我至今难忘湖边那个画面。研修班的同学去肇庆七星湖采风，她穿一条黄底白点的长裙。这条曳地长裙很漂亮，小小的白色的圆点像花一样撒在浅黄色的裙面上，摇曳多姿，美丽芬芳。当她款款走向同学们时，同学们看得眼睛都直了，惊呼起来：真优雅！叫得那么自然，那么亲切。班里不少同学和我一样，早就喜欢上她的优雅，爱上她的亲和力。那天，她坐在湖边一块被千年湖水冲刷得光滑圆润的石头上。身后是静静的湖水，她像一朵盛开的水莲花，浅浅一笑，叫人怜爱。

如今，读着她《莲开的声音》，读书读人，我又情不自禁想起那个情景。

如莲的女子，写着如莲的文字，清新而芬芳。情怀、意境、语言等，都给人美感。

她自小就喜欢莲，莲不断在她的文字里盛开、芳香四溢。莲花别名芙蓉、荷花等，被称作"花中仙子"，是周敦颐称赞的"出淤泥而不染，濯清涟而不妖"纯洁之花。它香气远而清纯芬芳，花语就是坚贞纯洁、冰清玉洁、自由脱俗、忠贞和爱情、清白等。

在《我是你五年前失落的莲子》中，她真诚诉说对莲的爱："我是爱莲的，心似莲开，与莲有着一份今生来世的约定，我祈求上苍一定要在远处凝视着我，安抚着我，赋予我莲般的吉祥，莲般的吉祥，莲般的圣洁，让我在纷扰的生活里，经受住所有的困苦灾难、欲望诱惑以及繁华落寞。"对莲极致的爱，以及深入骨髓的"爱莲情结"，就是她给这部散文集取名为《莲开的声音》的缘故。

《莲开的声音》没有"惊涛拍岸"，没有"气吞万里如虎"。她从一个知性女子的视角，以一种慈悲的情怀，写身边的凡人小事、家长里短、读书感悟、湖光山色等，文字里洋溢着她的善良宽厚，闪烁着人性的光辉。

在她的生活和文字中，都有一个关键词——感恩。她常说"感恩有你"，你只是帮了她一个小小的忙，她就会心存感激，感恩有你这样的朋友。她把"心存善意，必遇天使"作为自己的座右铭，处世的标杆。天使在人间，与善意同行。心存感恩，心怀感激，感动别人，也成就自己。这是一种"双赢"的品德。

《水莲花》《好人一生平安》等篇章，记录了她的成长经历。她出身于徐闻县一个普通工人家庭，最初在一个小镇工作。由于工作出色，得到领导的赏识，不断升迁。她对这一切充满了感恩。她的经历是一部励志史，也是一部感恩史。对生命中的"贵人"，她念念不忘。

在《温情文学与温情关怀》里，她深情回忆起文学道路上"扶"一把、"送"一程的前辈，对文学充满感激之情。高中毕业的她，最初在一个叫曲界的地方工作。那时候，她"对人生很消极，觉得自己沉浮在生活的最底层，理想就像是西伯利亚荒原上的萤火虫，看不见摸不着"。在这个小镇，没有亲人，没有朋友，苦闷无助，年轻的她用看文学书籍来抚慰苦闷的青春，以写作来打发寂寞的时光。没想到就这样迷上缪斯女神，跟她牵了手。也没想到因文学而改变命运，陈堪进推荐她的处女作在《湛江日报》上发表，引起了关注；当时的文化局局长祝宇亲自到小镇看望她、鼓励她。还有陈迅、洪三泰等文学前辈，都曾给过她温情的关怀。她从一个文学青年成长为作家，这一切，她深深感恩："这抹温情不仅洋溢在我的作品里，也浸透在我的生活中，完美、完善着我的生活态度及人生画面，让我懂得如何温情地对待工作，对待生活，对待身边的每一个人。"

她的文风清新自如，不玩所谓的技巧，毫无雕琢装饰之感，似是随手拈来，就如李白所言"清水出芙蓉，天然去雕饰"。所以，《莲开的声音》没有故作高深的冷僻，没有"为赋新词强说愁"的矫情，像刚出清水的芙蓉花，质朴自然。这是一个心存善意的女子写的善良文字。读她的文字，就如一位朋友，跟你坐在开满紫荆花的树下，伴着阵阵飘来的荷香，她娓娓而谈，你饶有兴味。

在阅读《莲开的声音》的过程，我不断寻思：莲开是什么声音？在《后记》里，她告诉我们："因身边有爱，我便一直在用美好的目光去注视着这个世界，犹如少女，轻抚花瓣。于是，我便看到了莲开的颜色，听到了莲开的声音。"

南宋诗人朱熹在《观书有感》说过："问渠那得清如许？为有源头活水来。"读完《莲开的声音》，我不禁感叹：如莲文字清如许。

这个如莲的女子叫黄彩玲。在一个莲花盛开的季节，我写下跟她交往的点滴，还有读她文字的感受。

奇女子的美丽情怀

五月，应是夏花绚烂，生机勃发的时节。然而，2008年5月12日，当五月的阳光还在和暖地照耀大地，一场巨大的灾难悄然降临巴山蜀水。瞬间，这块曾经美丽的土地变成人间地狱，天府之国秀色尽失，生命涂炭，满目疮痍。之后，余震不断，地震就像一个继续张开血盆大口的魔鬼，把一个个鲜活的生命吞噬。

"5·12"大地震后的第五天，有一个江南女子，不顾亲朋好友的劝阻，幼女稚气的呼唤，冒着生命危险毅然决然地踏上那块危机四伏的灾难之地。

别人劝她："你——，一个女的，孤身一人去灾区。你知道那里每天余震不断，一不小心，死在哪里都不知道。写遗书了没有？"她说："我是绝对要去的，也绝对不写遗书，因为我是一定要活着回去的。"她先从杭州坐飞机到成都，在成都机场，她这个"路盲"已分不清南北，晕头转向，但是她不顾晕机的劳累，背着帐篷、雨披和简单的包扎创伤药品，又独自一人辗转闯到当时的重灾区青川县。在那片失了五月颜色的废墟上，她劳碌的身影成了一道温暖的风景线。

主震后的青川，余震连绵不断，山体随时可能滑坡，有些来往的车辆被山上滑落的石块砸中，车毁人亡，惨不忍睹，触目惊心。

在灾难面前，宝贵的生命脆如薄纸。多少人想方设法逃离灾区，逃避责任，而她偏偏抛下杭州安逸的生活，担起民族大义，肩负起良知作家的责任，挑战生命的极限，几次上青川，一次又一次地把爱洒向那里的山山水水。在废墟中，在堰塞湖旁，在危楼间，在滑坡边，都可见到她的身影；木鱼、红光、乔庄、竹园、凉水、关庄等乡镇都留下了她的足迹。她把所带来的救灾物资全部发给灾民，而自己饿得晕倒；她把随身带来的几千元钱全数捐了出去，自己口袋空空如也。

她时时刻刻牵挂着灾区的群众，感同身受他们的悲痛。在她写青川的文字中，处处可见她的关爱与悲痛。

在青川的"帐篷新闻中心"几乎无人不认识她。她很特别，其他人都是临危受命前来的新闻记者，只有她才是自发到青川的作家，而且还是一个柔弱的女性；她很勤奋，每天一大早，她就搭乘记者们的车跋山涉水，不辞劳苦地采访、拍照、慰问；她很能吃苦很坚强，作为一个女性，在那样的恶劣环境，她要面对的困难何止是自然灾难？在地震初期，住宿用的帐篷十分紧张，新闻中心男多女少，好几个晚上，她只能和十几个大男人住在同一个帐篷。如雷的鼾声混合着汗臭味、烟味，还有那不可预测的余震，很难想象，习惯了优越生活的她是如何熬过那些夜晚。不管夜晚是如何的难熬，第二天天一亮，这个爱美的女子几乎又是第一个起床，简单梳洗打扮罢，又精神抖擞地投入工作。在灾区，她有过孤独、寂寞、绝望，有过风雨交加的夜晚，车子熄火在山体滑坡的山路上，孤独地一个人面对荒山野岭的无助与恐惧的经历。也曾经与死亡零距离接触，但她没有因此退缩。

从第一次踏上青川这块美丽而疮痍的土地，她的泪便洒满了青川，她的爱也洒满了青川，从此有了她一生的牵挂。地震至今，她已多次到青川灾区采访，每次都要待上近一个月时间。她说："每一次来，沿途都会看到不一样的景象。这真是一幅激动人心的历史画卷。"是的，这是一幅将会载入史册的历史画卷。历史将会记住"5·12"大地震，历史将会记住地震中英勇献出宝贵生命的烈士，历史将会记住全国人民对灾区的无私援助。

她是幸运的，参写了青川的历史，见证了这段历史：她见证了地震带给青川人民的悲伤与坚强，见证了抗震救灾勇士的忘我与勇敢，见证了全国人民对灾区的支持。是她的大爱成就了她的"幸运"；是她的坚毅，让她成了历史的见证者。

2009年的5月初，她给我发来短信，说又去灾区。"给予是一种幸福，付出是一种快乐。我会一直关心青川，并唤起更多人关注青川。"通过写青川的故事，她要让中华大爱延续，让爱绵绵不断永不停息；让更多的人了解青川、帮助青川，也让青川的受灾群众深切地感受到：明天的太阳依然美丽！

她能诗、能文、能书、能画，诗人汪国真称其为"奇女子"。青川人称赞她是有"美丽情怀"的作家。她的美丽，在她的外表，在她的内心，在她的精神气度，在她的才华。她浑身上下都散发出迷人的美丽，动人的魅力。当我越是走近她，她的美丽情怀越是把我征服。

我见过她的相片，她有着江南女子特有的美丽，柔顺、温润，还有从骨子里散发出的妩媚。"欲把西湖比西子，淡妆浓抹总相宜。"她的美恰到好处，无论是浓妆艳抹，还是素面朝天，她的美依然光彩夺目，依然赏心悦目。

她是一幅江南美景，小桥流水，碧柳画舫，月满西楼，书韵茗香，素手抚琴，古筝悠扬。我远远地欣赏着。

相片里的她，光彩照人，笑靥似花。亦如一颗明星，熠熠发光，星光灿烂，逼人眼帘，叫我不敢直视，只是远远地仰视。直到有一天，她主动给我发来热情洋溢的短信，手机那端传来她柔美的声音，我才敢相信，这个多才多艺的美丽女子，不是遥不可及的"明星"，更不是供在神坛的"神"，而是一个可以接近的善良朋友，一个食人间烟火、重情重义的朋友。

从此，我开始用心读她。读她，就如读一本外表装潢精美、内容丰富多彩的书；读她，感觉如春暖花开；读她，叫人爱不释手。

美丽的女子往往只是充当"花瓶"的角色，但她不是。她拥有美貌，还有智慧、胆识。她希望自己是这样的女人："如果有一天，我可以回头，我希望看到一个让我自豪而骄傲的女人。她具有张爱玲的才气、林徽因的气质、周璇的执着、董竹君的财富。她们是我心中深爱的女人。"她特别欣赏董竹君"无论怎样的人生，我都想拥有董竹君的那一份属于自己的财富，靠自己一点一点打拼出来的成就感"。事实上她就是靠自己一点一点打拼，最终成就自己的事业。在人间天堂杭州，她拥有自己的实业，事业如日中天。她曾给我看过她公司的图片，从那些气势恢宏的建筑，漂亮豪华的装潢，可以想象公司的实力是何等的雄厚，可以想象她的生活是如何的富足，如何的无忧无虑。

诗人艾青说："为什么我的眼里常含泪水？因为我对这土地爱得深沉……"这也是她的写照。一个女子一次次地放下繁华都市的优雅生活，去危机重重的灾区，如果不是对那块土地爱得深沉，那又是什么？她已功成名就还贪图什么？

所以，我相信，爱，是重要的元素。

她爱青川的一草一木，就如爱自己如诗如画的家乡。

她爱青川人民，就如爱自己骨肉相连的亲人。

她爱青川的孩子，就如爱自己的孩子，甚至胜过爱自己的骨肉。

青川，她洒下的都是爱；青川，是她一生走不出的牵挂。

少将的双村情

少将与位于雷州半岛的双村结缘，最初缘于大文豪苏东坡。

少将是典型的山东大汉，一个指挥千军万马的威武军人。

在一般人眼里，军人往往与武器为伍，与枪炮为伴，威武有余，儒雅不足。但少将不是这样。他外表是一个十足的威严军人，内里却又是一个很有情趣的"儒将"。大学者胡适曾说，看一个国家的文明，只需考察三件事：看他们怎样对待小孩，看他们怎样对待女人，看他们怎样利用闲暇时间。在忙碌的工作之余，少将十分注重从平凡的日子中去品尝生活，寻找情趣，积累人类的"文明"。他喜欢读书，喜爱中国优秀的传统文化，尤其崇拜北宋大文豪苏东坡。

2010 年 8 月，少将率领部队在广东省遂溪县某炮兵靶场演习。演习间隙，喜爱读书的少将借来《遂溪县志》阅读，以了解当地的风土人情、历史沿革。令他惊喜不已的是，他的偶像苏东坡来过遂溪，且跟该县河头镇双村结下不解情缘。

少将的心被拉回到北宋时光。1097 年，年逾花甲的苏东坡，被贬到海南岛儋州。三年后，登基的宋徽宗大赦天下，苏东坡终于可以归家。他乘坐的船经过雷州半岛西部海域时，突遇狂风暴雨，苏东坡只好停船登岸，在一个叫兴廉村的地方躲避风雨，住在净行院。净行院有一个先生叫陈梦英，在此设席讲学。陈梦英是陈懂的五世孙。陈懂曾出任海南琼州刺史，苏东坡敬重其为官为人，没想到在这偏远的小渔村，有缘与陈懂的后人相识。陈梦英也景仰苏东坡的学识，于是，这两个北宋文人惺惺相惜，互相敬重，结下深厚的情谊。

在遂溪期间，陈梦英常陪苏东坡行走，了解民情。有一天，他们沿乐民溪溯流而上，看见有一个地方风景秀丽，溪水潺潺流入海，苏东坡大喜："彼为狮子地，钟灵毓秀，乃君之聚族开基宝地也。"从此，陈梦英及后人世代居住于此。这个地方就是现在的河头镇双村。

苏东坡离开遂溪前，赠给陈梦英石渠阁瓦砚一方，"助贤田"七亩，以资其培育英才。这方瓦砚曾一度失传近百年。民国庚午年，当时的广东省警察局长、收藏家何荦，在民间觅得此瓦砚（又称苏砚、宝砚），重金购买。后得知此砚的来龙去脉，感于苏陈之道义，何荦把砚归还双村。被双村人视为传家之宝的苏砚失而复得，村民感激涕零，倍加珍惜。为永铭何荦还宝砚之义，以教育后世子孙，民国三十六年春村民集资在村中建亭一座，叫作还砚亭。

赠砚、还砚的故事打动了少将，他产生了去双村摸一摸苏砚、看一看还砚亭的念头。他拿出地图，得知部队驻地与双村只有二十多公里，欣喜不已。

少将专程来到双村。在热情的村民带领下，他走进了陈氏祠堂，看到了在祠堂南侧三四十米的还砚亭。可是他没见到最想看、更希望触摸一下的苏砚。村民告诉他，宝砚现在由村长陈海保管。少将兴冲冲赶到陈海家，不巧，他不在家。陈海的女儿打电话给父亲，说有人找他。十几分钟后陈海回来了，少将很客气地询问苏砚放在什么地方？可不可以让他看一看？陈海当时并不知道少将的身份，以为又是慕名而来的普通游客，就婉言拒绝了他的请求。并说宝砚具体放在什么地方他不能说，因为按家族的规定，宝砚不能随便给陌生人看。

少将未能如愿看到苏砚，有些失落。但他并不埋怨双村人，反而为他们对先贤先祖及苏砚的敬重与忠诚而感动。

2011年8月，少将又一次来到遂溪，恰好遇见遂溪县高县长。他跟高县长说起自己对苏砚的未了心愿。高县长很为少将对苏砚的热爱、执着精神感动，立即答应协调安排。23日下午，少将在河头镇王镇长的专程陪同下去了双村。双村党支部陈书记接待了他们。他告诉少将，宝砚不固定放在谁家，族人约定，每年高考谁家子孙分数最高，宝砚就由谁家传递。跟着陈书记，少将来到村民陈坚诚家。陈坚诚年近古稀，三个儿子都上了大学，宝砚现在由他保管。

终于见到朝思暮想的苏砚！看到苏砚那一瞬，少将"内心的波澜和感动无以言表"；那一刻，少将柔情万种。少将把看到苏砚的情景、心情都写进《千年东坡墨砚香》，让我们看到这个军人威武的外表下，那颗儒雅的心。"小心翼翼地慢慢捧出，轻轻抚摸，感触着这份来自远古的温润和细腻。"他像一个情感丰富的书生，思绪万千，温柔地触摸那段历史的脉络，"一脉相承，千年的光阴已浓缩到方寸之间，我似乎触摸到古人的脉搏和余温。一砚相承，千年的岁月和生命的痕迹清晰地呈现在眼前，我似乎看到了那一个个历史深处的背影。"很难想象，这样柔情的文字出自一个军人之手。这不是矫情，不是作秀，而是因为热爱和敬重而产生的真情实感。

读着这样的文字，怎不叫人感动？更叫人感动的是少将对双村的情义，少将的慷慨解囊。

2012年，又是一年桂花飘香的时节，念念不忘双村的少将，带领广州军区战士文工团"一团火"小分队，来到双村，为村民献上一场精彩纷呈的文艺晚会，奉上丰富的精神食粮。

感于苏砚的珍贵及历史意义，这次再度来双村，少将当场捐赠一万元作为护砚经费，叮嘱双村人好好保护宝砚，不辜负苏公厚望，不辜负何公大义。少将不只关心宝砚，更关心双村下一代的成长、教育。为了鼓励双村子孙读书，少将又以个人名义给双村小学赠送价值几千元的书籍。考虑到这些书籍不能完全满足孩子们的需求，少将又捐了一万元现金作为购书费用。

少将姓盖名龙云，双村人为他的重情厚义所感动，在双村文化室迎春文化活动中，以其名开展镶联比赛。这次镶名联比赛，参加者踊跃，赞扬了少将热爱传统文化、出钱出力、热心助学的高风亮节。

帮助别人，自己也得到快乐，这是双赢。

让我流泪的《娘》

2013 年，我参加广东省青年作家高级研修班，中国作协创研部主任彭学明老师给我们授课，结合所讲的《当下散文的亲情叙事》，读他的长篇散文《娘》中的两个片段。

他读得很轻很慢，像是对亲娘诉说着无尽的思念与忏悔，数度哽咽，眼眶潮湿。我听《娘》，想起自己的母亲，内心翻江倒海，如滚滚长江水。我努力压抑着不让眼泪流出来。整个课堂静悄悄的，所有的人都在屏声静气地听他朗读《娘》。

"没有娘，你的权力能够统治整个世界又怎么样？你还是一个无家可归的孩子！现在，我就是那个无家可归的孩子。我把娘弄丢了，我无家可归了。我再也看不到娘天天站在阳台上目送我远去、等着我回来了……"

听到这里，我再也无法控制自己，泪水像决堤的河流奔涌而出。我坐在前面第二排，怕同学们看见我的泪水，更怕自己的哭声影响别人听课，于是，我把头伏在桌子上。

彭老师继续读《娘》，我不断想起已逝的母亲，痛苦的潮水一波又一波地涌上来把我淹没。我怕自己像每次想起母亲一样放声痛哭，就紧紧咬住手，不让自己哭出声音。我浑身颤抖，不能自己。我不敢抬起头。我的脚下是一堆白花花的纸巾——我泪水打湿的纸巾。

过后，有同学对我说，你给彭老师读《娘》做了最好的伴奏。我笑而不语。我不知道该怎么回答这个同学。在我看来这不是伴奏，而是一种真情的流露，一种对亲情的共鸣。张爱玲说，因为懂得，所以慈悲。是的，只有流过泪的人，才会理解什么是痛苦；只有经历过痛苦的人，才会明白为什么会流泪。

我流泪，是因为娘多灾多难的人生和无怨无悔的舐犊之情。

彭学明的娘，是湘西苗族一个普通的农村妇女。她生活在社会最底层，命运多舛，有过四次不幸的婚姻。为了生活，她一嫁再嫁，不但被外人取笑，连儿子都埋怨她，看不起她，嫌她丢人现眼。

娘受尽伤害，默默地忍受，但容不得儿子被人欺负。谁要是欺负她的孩子，她就像母鸡保护自己的雏儿一样，跟别人拼命，牺牲自己的尊严，捍卫孩子的尊严。彭学明和小伙伴打架，被胖女人扔进坪场下的稻田。娘看见了，哭喊着，不顾一切纵身跳进田里救出儿子，又像一头发疯的母老虎扑向胖女人，跟她扭打起来。胖女人的丈夫来了，儿女也来了，他们一家子围殴娘。势单力薄的娘被打得遍体鳞伤，昏死过去。村里人说娘傻，一个瘦弱的女人，怎么打得过人家一家人。娘毫无惧色地说，为了我儿，他有十家，我也得打！

为了儿女，娘不断与命运抗争。一个带着幼小儿女的女人，为了孩子有个家不得不远嫁，开始第四段婚姻。她以为这样就可以有个落脚的地方，有个依靠。可是她又错了，这个男人又像前面的男人一样，不能给她像大山一样坚实的依靠，更不能给她像山涧溪水一样的柔情。两人的孩子常常打架，丈夫动不动为生活上鸡零狗碎的事跟她吵架，毒打她，还不让她成绩优秀的女儿继续读书。这个寨子的人都是丈夫的亲戚，在这里，娘孤立无援，她被打没有人会为她说话。连儿子都没有帮自己一把，在丈夫把她按倒在地往死里打的时候，儿子没有挺身而出保护她，反而像个闲人似的站在一旁看热闹。

无休无止的吵架、毒打，娘惭愧自己成不了孩子的靠山，给不了他们好的生活，她想到了死。她被救下了。她也明白了儿女还小，她依然是他们的靠山。为了让彭学明能继续读书，娘毅然跟第四任丈夫离婚，独自抚养一双儿女。

彭学明读书成绩十分优秀，读中学后得到前所未有的尊重，他再也不愿意回到那个令他受耻辱的家，连过年也待在学校，整整六年不回家看娘。这六年里，娘既要忍受见不到儿子的彻骨思念，又要维持一家子的生计。

为了多挣几个工分，在赶狗不出门的寒冬，她独自连续多日在冰天雪地里给生产队割牛草。天冻路险，娘被摔得鼻青脸肿，伤痕累累。娘不是不知道，这个寨子，处处是悬崖绝壁。在这样的天气出门干活，随时都有可能冻死，或是路滑摔死。可是为了生活，她只能选择冒险。命运之神并没有眷顾她，她倒在雪地里，奄奄一息。被人发现后用绳子捆住拉回家。经过一座又一座山岭，一条又一条羊肠小道，她的双脚指甲全部被磨掉了，她的鲜血染红了一路洁白的雪。屋漏偏遭连夜雨，娘虽然捡回一条命，可双腿被冻坏了，再也无法行走，瘫痪在床。这一切，她不敢让自己最疼爱的儿子知道。

两年后，娘虽然能重新站起来，但无法下地干活，挣不到工分了。家里早已断米无炊。为了活命，为了讨到钱给儿子读书，半身不遂的娘，拄着双拐，背着背篓，带着碗筷，一寸一寸地挪，一路乞讨。这时正是秋天，娘走过的一个又一个寨子，满目是金灿灿，满眼是黄澄澄。可是美景是别人的，娘只要活命。

娘的一生可谓多灾多难，娘的一生都在跟命运抗争。她虽然受尽磨难，遭人白眼，却大度宽容，教育儿女受人滴水之恩，当以涌泉相报。她独自养大彭学明，当前夫家人要认回他，她大度地让儿子去认亲。在乞讨路上帮过她的人，她带着儿子一一去答谢。她虽然目不识丁，却是一位博大的哲人，把"做人，要念人家的好，不要念人家的错"作为处世哲学。

我流泪，是因为彭学明来自灵魂深处的拷问和震撼人心的忏悔。

彭学明从小失去父爱，母亲把他当作心尖尖、宝肝肝来疼来爱。为了他，娘熬干了心血，操碎了心，失去了尊严。可是，他因为娘一嫁再嫁，一直不理解她，怨恨她，在她流血的伤口撒一把盐。

他说，在跟娘几十年的战争里，我总是拿着一把杀人不见血的刀，刀刃娘，伤害娘，把娘扎得遍体鳞伤。

在旁人唾骂娘千嫁万嫁的时候，他没有给可怜的娘半句安慰的话，还埋怨娘老跟人吵架打架；当初恋无疾而终，他把账算到娘的头上，怨悔生在这样的家庭；在娘被错当作流窜犯抓进公社的时候，他以"三好标兵"的姿态，厉声责骂娘丢自己的脸，丢社会主义的脸，让他丧尽尊严；他高考失意，不是从自己身上找原因，又是把火撒在母亲的身上，觉得娘上辈子亏欠他的。从小到大，他对娘的怨恨、抗争从来没有停住过。娘为他做的每一件事，他都嫌多此一举，动不动就对娘扯闪电，打炸雷，把娘轰炸得惶惶不可终日，吓得像老鼠一样东躲西藏。在他成为名人之后，对娘的态度依然如此。

就在娘临走前的一晚，冷风飕飕的冬天，娘因为病魔折磨睡不着，躺在沙发椅上呻吟，想靠在彭学明的肩膀上跟他说说话。可是夜归的儿子见娘还在等他不睡觉，又不肯去医院，他又是一番雷鸣电闪。

经过十一年的面壁、自责、思考，彭学明从良知、孝道、人性等方面，追忆娘的往事，拷问自己的灵魂，发出震撼人心的忏悔："我太独立太自我的个性，使得我把娘的爱不是当作一种幸福去享受，而是当作一种包袱去承受，我时刻都想甩掉这种包袱。我太自由太放任的生活，也使得我把娘的爱不是当作一片港湾，而是当作一种束缚，我时刻都想挣脱这种束缚。"

这种忏悔是真实的，直率的，不留余地的，具有警示意义，所以能打动亿万读者的心，出现了万人争先恐后读《娘》的感人情景。因为他是代表天下子女为娘，为父母忏悔，从而也说明了子女尽孝要趁早，要懂得珍惜亲情，莫等到"子欲养而亲不待"，空留遗憾伴一生。

很多人都做过伤害"娘"的事，可是有几个人敢像他一样无情地解剖自己的灵魂，敢于在众人面前直面自己的忤逆，敢于让读者看到光环背后的阴暗？

这种剖心割肺的真诚忏悔，让我们看到一个有良知作家的人格。

稳稳的美好从哪来

　　"稳村 给您稳稳的幸福",当我们走到吴川市黄坡镇稳村村口,立即被刻在大理石上的这几个红色大字吸引了。我不由想起陈奕迅的歌《稳稳的幸福》:我要稳稳的幸福,能用双手去触碰。是啊,每一个人都希望拥有稳稳的幸福,妥妥的美好。可是,幸福不是毛毛雨,不会从天上掉下来。

　　稳村,稳稳的幸福从哪里来?谁给它妥妥的美好?

　　走在稳村的路上,我们在寻找答案。

　　幸福文化街的路,是新修的硬底水泥路,路两旁的灯柱都挂着中国红的"福"字。一路上,我们见到"幸福驿站""幸福水塔"等,这些"幸福"或有形,或只能感受。

　　"不忘党恩跟党走,脱贫致富奔小康。"我注视着一"幸福人家"贴的这副对联,想破译其幸福密码。门口有几个中老年妇女坐在矮凳上,悠然自得地聊天,不时发出幸福的笑声。其中一个老奶奶手里抱着小孩。我问她小孩是谁？她说是孙子。我又问她现在生活好不好？感觉幸福不幸福？她眉开眼笑，说生活很好，很幸福。

再往前走，我们见到一个中年男子，在屋门前给一个上了年纪的男人理发，刮胡子、掏耳朵……我们被这久违的温馨情景吸引了，围着他们看，用手机拍下这和谐的画面。

我随众人进入微观园。园内有一棵古老的大树，树下有一长方形的茶几、一张有背的椅子，几张矮凳子。茶几上摆着装有热茶水的茶壶，几个杯子。从微观园出来，见到几个领导模样的人坐在矮凳子上和一个老人亲切地聊天。老人弯腰驼背，笑容满面。他是五保户，今年80多岁了。政府帮他修了住房，并在屋边修了微观园，供他休闲，喝茶、听曲，赏花草，其乐融融。还安排一个中年人照顾他的生活起居。苦了大半辈子的老爷爷，现在每天都可以享受到以前想都不敢想的美好生活。

参观完幸福文化街，驻稳村"第一书记"、扶贫工作队队长汤旭带我们转到民俗文化广场，党建共享基地等。村内的福园、德园、智园、信园、礼园、耕园做得很别致，大多是因地制宜，充分利用村民屋墙、大小巷道，展示中国文化，做宣传标语。比如习近平总书记说的"幸福都是奋斗出来的""撸起袖子加油干打赢脱贫攻坚战""树优良家风，建最美家庭"等。这样的展示，既美化人居环境，又教化村民，提醒幸福，催人奋进。

我们一路走一路感慨，羡慕生活在稳村的村民。

稳村是省定贫困村，全村有1800多人，其中27户100人是贫困人口。2015年前，村集体年收入仅6000元，贫困人口人均收入不到4000元。稳村原叫温村，因为太贫穷了，被叫"瘟村"，姑娘都不愿意嫁进来。

2016 年，湛江市纪委监委、市投资促进局、市基投集团公司联合派出工作队，进驻稳村，以"党建引领，促脱贫致富"为宗旨，开展扶贫工作。经过一番调研，工作队选中番薯为"一村一品"拳头产品。稳村种植番薯历史悠久，明朝时由吴川籍游医林怀兰从越南带回乡开始。番薯成了稳村人填肚子的"救命薯"，但并没有成为发财致富的"金薯"。为了使村民早日奔小康，工作队实施一系列政策。如村集体提供 100 多亩农田，有劳动能力的贫困人口如果种番薯，给每人提供 2 万元的扶贫专项资金，村委会提供化肥、技术等，村合作社统一收购番薯。合作社由村委会和 27 户贫困户，组成"公司十村集体十贫困户"的模式，贫困户每人都入股分红，成为享受年度分红的股东。

　　树立品牌才有市场效应，有文化元素才有长久生命力。工作队深挖稳村的历史文化，注册"稳村番薯"商标，对农产品进行深加工，形成"稳田香"品牌下的一系列产业，如番薯月饼、番薯年糕等。请名家、作家诗人来稳村采风，讲好稳村故事，并结集出版相关的书籍，注入丰富的文化元素。"新生"的稳村番薯走进京东、淘宝等电商平台，参加全国性的产品展销，入社区，进超市；办稳村番薯文化节，各级媒体争相报道宣传，等等。通过一系列的措施，大大提高了"稳田香"的知名度，得到广泛的认可，拓宽了销售渠道，被评为"湛江市十大扶贫明星产品"。全国各地纷纷采购稳村番薯。

　　在大做"番薯文章"、打响品牌、形成产业的同时，工作队大力推进稳村基础设施改造以及乡村旅游项目，全方位推动乡村振兴。在各方努力下，2019 年，稳村贫困户人均收入 16732 元，村民人均收入 20696 元。贫困户吴日来靠番薯年收入最高达 50 万。至此，番薯真的成了稳村脱贫致富的"金薯"，"薯气运来"，稳村的贫困人口都摘掉了"穷帽子"，稳村因此退出了相对贫困村的历史舞台。稳村人的精神面貌也发生翻天覆地的变化，姑娘们争嫁稳村郎。

在稳村农产品展示交易中心，我们听到悠扬的歌曲《稳村番薯颂》。稳村扶贫挂村领导张宗胜声情并茂地向我们讲述四年"扶"稳村上路的故事，分享稳村人脱贫奔小康的感人事迹。讲到动情处，他唱起稳村脱贫致富之歌《唱支歌儿献给党》：

"千百年来，富起来的梦想。现在终于，现在终于，终于奔向小康。"

我终于找到了，稳村人稳稳的美好、妥妥的幸福从哪来。

回乡的惊喜

今年，阿明终于有自己的车开回老家过年了。他的老家在位于雷州半岛北部的遂溪县。2019 年我们在市区买了新房子，暂时没钱买车。小姑换新车，把原来的车给了她哥。阿明实现了有车梦。

快到村子时，我提醒他，村子的路不好走，一定小心开车。一进村子，我立即惊呆了，村子的泥土路变成了硬底水泥路！阿明来了兴趣，不急着回自己的家，开车在村子里看新鲜。整个村子，每条路，纵的横的，都变成水泥路。每户人家一打开门，都能踏上平坦的水泥路。全村的破烂危房全部平整，重新规划，建起好多新楼房。

记得我第一次跟阿明回到这个叫黄村的地方，出现在我面前的是一条狭窄的泥土路，坎坷不平，有的坑大得像个小水塘。两条长长的牛车辙里洼着水。路上有甘蔗叶、牛草等杂物，还有牛粪，肮脏不堪，臭气熏天。我当时穿着高跟鞋，望着这样的路，简直下不了脚。我心想，他的村子怎么这么脏？阿明愧疚地看着我，提醒我小心一点。我穿着一条几乎着地的长裙子，怕弄脏裙子，我用手提着裙子，避牛粪，躲泥坑，东躲西跳。

一辆手扶拖拉机开过，我想躲，结果还是溅了一身泥浆。这还不算，我踩中一堆牛屎！"妈呀！"我一惊一叫，手一松，裙子罩住牛屎上，鞋子成了"牛屎鞋"！阿明更加愧疚。

不只是这一条"牛屎路"，整条村子的路况几乎都如此，没有一条水泥路。往后，每年回村过年，我都特别怕走村子坑洼的牛屎路。

我对阿明说，村里怎么不修路？有钱出钱，有力出力。我们在外面工作的人，也可以凑钱修路。村里人也都想告别这样的土路，但村子太穷了，修路说了好多年，年年希望年年落空。所以，今年看到梦想之路终于实现了，我怎不惊喜交加呢？

没想到，这只是惊喜的开始，让我惊喜的东西还有很多。

每次回乡过年，我们都带孩子到田野走走，认识地里的农作物，摘些瓜果蔬菜。从我家到田野要经过一片杂草丛生的荒地，荒地旁边有一个臭水塘，塘里有死鱼死虾，塑料瓶等垃圾。每次经过这里，我都要捂着鼻子走。今年，出现在我面前的不是荒地，而是一个法制公园！这个公园因地制宜，清理掉垃圾，种树种花。新修的水泥路两旁有路灯，建有宣传栏，竖着一块块宣传牌，里面的内容都与法制有关。那个臭水塘的塘壁、塘基也用水泥凝固，并且用不锈钢把水塘围起来，以免调皮的小孩掉下去。塘周围也种花种草，花儿正怒放，红艳艳的。

听说村里建起了文化楼，我建议先去文化楼看看，再去田野。

文化楼里面设有会议室、娱乐室、图书室等，各种设施也基本配备好。因为疫情，来文化楼活动的人多。我问一个老人："平时来这里的人多不多？"老人咧嘴笑："多呢！我来这里和老人玩，小孙子爱在图书室看书，大孙子在球场打球。"老人指指文化楼对面的球场，球场上正有几个年轻人在打篮球，你争我夺，热火朝天。

村里原本没什么娱乐，春节回村过年的人只好玩丢色子、天九等，有的人甚至赌钱，影响很不好。村里外出务工人员华雄等人，不忘家乡青少年成长，牵头发动外出务工人员捐款，加上扶贫补贴，建成球场和祠堂前的广场。现在有了球场，村委会组织年轻人举行球赛。赌博的年轻人少了，村的风气变好很多。

在文化楼，我见到阿定。阿明跟她丈夫是堂兄弟。她叫我们去她家坐一坐。她家新建了房子。

我们见到她家的新屋，是一层钢筋泥土结构的楼房。她满面春风地叫我们吃糖果、大饼。我极少见到她有这样的笑容，以往都是挂着一张苦瓜脸。

十多年前，她的丈夫因车祸死了，留下三个嗷嗷待哺的孩子。屋漏偏遭连夜雨，她被查出患有咽喉癌。化疗之后，她几乎失去说话能力，身体每况愈下，干不了重活。一个患绝症的寡妇带着三个年幼的孩子，她的苦闭着眼都能想象得到。三个孩子读书得到亲人以及广州某慈善助学组织的资助，她的生活才勉强撑得过来。

全镇有四个贫困村委会，黄村属于贫困村。2016 年 6 月，佛山三水区扶贫工作队驻村。她家是贫困户，于是得到扶贫资助。她用资助的建房钱 6 万元，加上自筹部分资金，终于告别了原来破破烂烂的旧屋，住上以前做梦都不敢想的新楼房。三个孩子陆续完成学业，有了工作。她那些年吃的苦也到了尽头，过上好日子。

"非常感谢党和政府的扶贫政策。如果不是这样，我和孩子不知怎么生活下去！"她由衷地说。她又流下泪水，是幸福而感激的泪。以前流的那些泪，是痛苦而绝望的泪。

　　我后来了解到，全村的硬化巷道、法制公园的资金来自省新农村建设专项资金，并且优先贫困村。

　　"摆脱贫困，为广大人民群众谋幸福，是我们党和国家事业发展的根本目的。"党的十九大明确把打好脱贫攻坚战作为全面建成小康社会的三大攻坚战之一，并做出承诺，要在 2020 年现行标准下农村贫困人口实现脱贫。今年正好是收官之年。

　　这次回乡，我恰好见证了这个贫困村发生的翻天覆地的变化。摆脱贫困奔小康，村民的精神面貌也发生了可喜的变化。

走在上坡路

上坡，这个名字很有意思，我第一次听说，以为那里有大坡。到了之后才知道，遂溪县河头镇上坡村没有大坡，土地平坦，一马平川。

多年前，我来河头镇给镇的小学教师上课，有个学员在上坡村小学任教，邀我到上坡村看看。上坡村离河头镇政府所在地很近，我欣然接受邀请。她开摩托车，我坐在车架后。村路狭窄，凹凸不平，摩托车像跳迪斯科，震得我小心脏都快蹦出来了。怕被摔出去，我赶快抱紧她的腰，大气不敢出。终于到达目的地。眼前的学校跟村民的房屋一样破破烂烂，没有一条平整的路，到处都是坑坑洼洼。我往教室里一瞧，书桌、椅子五花八门、高低不平。因为学校穷，学生自带桌椅来上学。学员倒开水给我喝，那水浑浑浊浊的，我不敢喝。她抱歉地说，这里的水质不太好，他们平时就是喝这种水。

所见所闻，令我非常心酸。上坡，按《新华字典》的解释是"由低处向高处运动"。上坡村，显然还处于"低处"。

今年八月，我又一次来到河头镇。听了广东省烟草局对口扶贫上坡村的故事，颇为感动。精准扶贫是抓好决胜全面建成小康社会三大攻坚战之一，2020年是收官之年，也是决胜之年。所以，我提出去上坡村看一看。

带我去上坡村的，是省烟草局驻上坡村"第一书记"、扶贫工作队队长黄书沈。我们走在村的主干道上，当年的破烂路，变成硬底化水泥路，路两旁都装上路灯。不只是这条村路，村子里的巷道全部铺成水泥路。环村路也装上路灯。原来天一抹黑，村民就不敢出行，现在再也不用害怕夜的黑了。因为如星星的明灯，照亮了他们通往全村的路。不仅如此，村民还喝上省烟草局援建的自来水厂经过净化的自来水。

村里建了很多新房子。单是2019年以来，工作队就完成了上坡村19户贫困户的住房改造，让他们住上安心房，再也不用担心下雨天漏水，不用害怕打台风把房屋吹倒。贫困户何堪宁的儿子谈了一个女朋友，想到自己家破败的房子，迟迟不敢带她回村。新房子盖起来后，他终于有勇气把女朋友带回来了。

桑葚园在村边，像一片碧绿的海洋。桑葚长势很好，差不多和我一样高了。有农民戴着草帽，在园里除草、施肥。一会儿，他们到桑葚园旁边的屋子歇息，喝水，吹风扇。那是上坡种养专业合作社的房子。

这些人中有男有女，多数是中年妇女。我跟她们聊天，了解到不少情况。他们是贫困户，到桑葚里劳动一天有100块钱补助。一个肤色黑得发亮的女人说，以前她到外地打工，孩子放在家里给家婆带，成了留守儿童。孩子的父亲死了，母亲又在他乡，孩子很孤独，跟社会上的坏人学坏了，成了不良少年。她想辞工回来带孩子，可是村子太穷了，得在外面赚钱养家。就在她左右为难时，扶贫工作队来了。现在好了，在家门口就可以就业，又能照顾家庭，孩子也和不良少年断绝来往，她非常高兴。

我问黄队长桑葚园的种植、销售等情况。他告诉我，上坡村是省定贫困村。2016年，省烟草局扶贫工作队驻上坡后，经过多方走访、调研，确定以桑葚为上坡村精准扶贫主导产业，投资220多万元，整合上坡村240亩土地，帮扶建起"上坡村桑果种植基地"。购买桑苗、肥料等都由扶贫队出资，贫困户不用出一分钱。到桑葚果园干活的贫困户，还能领到工钱。收获的桑葚由工作队联系公司购买、深加工，得到的钱归贫困户所有。现在已形成产业化运行，如"公司＋合作社＋基地＋贫困户"的"订单农业"经营模式。农民种植的桑葚不愁出路，只需要负责把桑葚种好。小小的"扶贫果"扶助贫困户走出困境，走向小康。

造光、治水、盖房、种桑、卖薯、拥党、慰民、养骟鸡……扶贫队以党建引领，以产业、民生为抓手，为上坡村的脱贫做了大量工作，自2016年以来已投入2400万元。

我想起上坡小学，问黄书记有没有扶助教育。他说："那是必须的！决胜脱贫攻坚，一个都不能掉，扶贫先扶志和智，激发内生动力，教育更要走在上坡路。"

我们沿着一条硬底水泥路走进学校，崭新而漂亮的教学大楼耸立于眼前，而且每幢教学楼所绘的文化墙主题不同。沿着新铺上彩砖的校园人行道，往右拐是新建的文化长廊，"胸怀祖国，放眼世界"几个红色大字特别醒目，令人顿生豪迈之气。

上坡村最漂亮的地方可以说是学校了，如果不是"上坡村小学"几个大字，我简直不敢相信，这是我多年前来过的上坡小学。如果不是党的富民政策帮扶改善办学条件，学校也不会发生脱胎换骨的变化。

变化的不只是校容校貌，师生的精神风貌也发生变化，教学质量也大幅度提高。黄书记告诉我，2018 年，上坡小学 30 多名学生参加升中考试，有两名考上县重点初中，其中一个是贫困户王少碧的大女儿。六年级排在第一二名的都是贫困户的子弟。原来无人问津的上坡小学现在成了香馍馍，不但本村的学生不再转学逃离，连外村的学子也要转学到上坡小学读书。

多年前带我来上坡小学的那个老师早已调走。如果她看到学校今天的变化，会不会后悔没有坚守？

这天天气晴朗，天空特别蓝，白云一团团。我还见到罕见的日晕现象。大家说今天上坡村头顶祥云。上坡村真是走了好运，不仅有大自然的祥云，还有人间的"祥云"，党的富民政策的"祥云"！今天的上坡村已走在上坡路上，成了名副其实的"上坡"了。

第四辑

秋日恋曲

秋天尚好，如果你恰在

月色溶溶，夜凉如水，凉风盈袖，秋意袭怀。

秋天的气息终是闻到了，秋天的模样终是看到了，眸如水，唇似蛊，衣如霞。你不再犹抱琵琶半遮面，不再是水中之月，雾里之花。你的真实，正一步步向我走来。

这是一幅难忘的秋天画面：金黄色的背景，那是一种怎样的金黄色啊，漫山遍野、无遮无拦，就那样奢华大气地展示在我眼前，冲击着我的视线。画中一个女子，一袭白衣衫，一头如瀑长发，清纯无比，挽住飘飘的裙裾，奔向远方，奔向金黄的尽头。

想象着我就是那个衣袂扬扬的白衣女子，被如海的金黄簇拥着，被似潮的秋息淹没。我打春天走来，走过夏的绚丽，走进秋的成熟。春天，蘸着春泉写诗；夏天，枕着玫瑰入梦；秋天，踩着满地的红叶，沙沙沙。就这样一路走来，你写诗，我酬和；你鼓瑟，我抚琴；你撷来的是枫叶，我染红的是双颊；我不眠的梦里，传来你答答的马蹄声。

若是如此，你就是我一年四季，唯一不变的主角，愿为你放逐天涯。

是的，秋色很美，如果你恰在场。

曾经喜欢音画，如痴如醉。那美音、美景构成的美妙世界，把我潜伏的浪漫情愫，一点一点地掏出，如陌上的花缓缓地铺展，慢慢流淌。于是，浪漫氤氲，唇齿盈香，似羽化成仙。

记不清多少个白天、黑夜，迷失在自己描绘的世界里，歌之泣之，舞之蹈之。那一张的疯狂，那一帆的痴迷，只有进入其境的人，才可以理解。

不知你是否记得我们的相知缘于音画？那时，你喜欢我的音画，我喜欢你的诗。你说，我们合作吧。于是，精心地把你的诗，你的生活融进音画，幻想着用音乐、用图画去再现你的诗情，创造出美丽的世界。

那一天，你说你喜欢秋天，我说我喜欢春天。在南粤，春天和秋天一样美丽，一样短暂，一转身就消失在风中。美丽的、短暂的东西总是叫人惋惜，叫人迷恋。宛如二八青春，总想握牢，总想纂紧，它却似手中的沙子，不经意地从指间溜走，空留一地的叹息。

其实，我没有告诉你，我也喜欢秋天，就如喜欢春天。

因为喜欢秋色，喜欢那排山倒海般的金黄，喜欢漫天飞舞的红叶，那一年才不远千里跑到外地去寻找银杏秋色。在别人看来，跋山涉水、舟车劳顿来到穷乡僻壤，仅仅是为拍摄那满地的银杏落叶，简直就是一群疯子。他们哪里懂得，我们拍摄的不是落叶，而是满地的金黄，是对秋天的热爱，是魂牵的梦想。人生无梦心悲凉，人生有梦不觉寒。寻梦，圆梦，没有什么比这更叫人心驰神往了，没有什么能阻挡寻梦的脚步。

今晚，我独自一个人坐在电脑旁，一边打着关于秋天的文字，一边听着秋天的歌，《爱在深秋》《分手在那个秋天》《说好秋天就回家》……秋，似乎总与悲联在一起。也许吧，纷纷的落叶，让人想起生命的终结；遍山的丹枫，叫人想起情人的眼泪，一句"晓来谁染霜林醉，总是离人泪"，湿了多少有情人的衣襟，断了多少离人的愁肠。

想起多年前看过的一个韩国FLASH：秋风萧瑟，秋叶飘零，落叶堆积，一对情人漠然相视，无语凝望。突然，女的决然转身而去，男的呆立原地，看着风中的女子，渐行渐远，最后消失在天的尽头。这画面颇是叫人伤感，至今难忘。

春秋总是轮流交替，人生有相聚就有分离。人生是一个大驿站，从起点到终点，有大小不一、形形色色的驿站。每个驿站都有人上车，有人下车。不同的旅途，会有不同的风景，不同的遇见。你在某个旅途，或是成双成对，爱装满行囊；或是形单影只，只有孤独相随。

看人生风景，有收获，有遗憾。相爱，叫人欢欣；分手，叫人伤怀。如果在某一段旅程，恰好有一个人与你相遇、相爱，爱过，恨过，纵然分手，也是无憾，毕竟曾经相拥看过云飞霞落。最遗憾的是，两心暗喜，未曾开始便擦肩而过，琴未成调弦先断。他的侠骨柔情，你的千娇百媚，未曾领略，就丢失在风中。

爱过的人，看过的风景，终成回忆。

春有花，夏有凉，秋有实，冬有雪。不同的季节，会有不同的绝胜佳景。在恰当的季节，跟恰当的人，看恰当的风景，这样的季节最美，这样的人生最难忘。

这个秋天，不想再去悲秋，纵使有千万个悲秋的理由。谁对，谁错；是缘，是劫，不想再去追问，就让过去的一切随风吧！

如果文字是有颜色的，愿我的文字是暖色。你读，会给你些许的温暖。愿秋天，是暖秋。

　　喜欢着秋天的红叶。秋天，应该寻一处绝胜佳景，看漫山遍野的红枫。如果你恰好也在，我会说，原来你也在。秋天尚好，秋天尚好。

不要问我为什么爱上你，不要问我为什么会对你用情至深。

爱上你不需要很多理由，爱上你只是一个蓦然的回首。

请相信，我的眼神总是为你顾盼，我的裙裾为你飘飞。秋风飒飒里，有我登高望远的伫立。

这个季节，我的心因你而柔软，文字因你而温暖。因为有你，这个季节，我不唱寂寞的歌。

爱上你，我爱上了整个秋天。

枫，你是秋的精灵，你是秋的华章，你是秋的美女子。

你装点了整个秋。一抹又一抹、一丛又一丛、一树又一树，一坡又一坡、一山又一山。你醉眼惺忪，舞动秋风。妩媚、迷人。

你描绘了秋天的画卷。红遍漫山，尽染层林，万叶飘丹，五彩斑斓，似云霞缭绕，若醉金洒地，耀眼、瑰丽。

你是如此美丽，叫我如何不爱你。

将你带回，红遍我心扉。

想知道，是谁把你一点点染丹？是谁羞红了你的脸？

想必是天上的仙女也爱着秋天，忍不住飘然下凡，挹波濯洗，罗裙生香。那胭脂水粉，一盆盆，一溪溪，一湖湖，泼洒挥扬，染红了你？

想必是风的缠绵，雨的悱恻，情人的呢喃私语，羞红了你的娇容？

又或是晓风残月，痛着兰舟声声催发，恨着良辰美景虚设，离人的泪，一点一点滴落，被多情的风一路播撒，醉红了你？

你站在岁月纵深处，伫立了一季又一季，醉红了一年又一年。

不知谁曾为你醉？你又是谁的风景？

"流水何太急，深宫尽日闲。殷勤谢红叶，好去到人间。"

红叶题诗，红叶结良缘，成就一段千古佳话。

庭院深深深几许，衰杨烟柳外晓寒轻，宫花寂寞红。

想那个女子，红颜似枫，长裙如风，临水而立，站在千年的唐风深秋里。残阳如血。唯有红枫作伴，寂寞相随。

满腔愁怨诉红叶，且把相思寄流水。但愿得一有情郎，知妾意。

那女子是何等幸运，终嫁得有情郎。当年题诗之红叶，正是此郎君所拾取。

红叶情缘，千古传奇，醉了多少有情人，暖了多少寂寞心。

梦里几度枫叶红。

"一重山，二重山。山远天高烟水寒，相思枫叶丹。"红枫应是有情物，此物最相思。

在枫叶飘红的季节，想起一个人，一个也爱着红叶的人。就在那个季节，青涩情怀依然弥漫的季节，灿若云霞的丹枫染红了潮起的心事。无人的夜晚，明月挂窗台。想着给一个人写字，写暖暖的字，写一季暖暖的字。把红颜写成皓首，留取一生取暖。

却不承想，岁月如逝水，有多少风景不曾改？有多少人能如初见？纵使我心依然，真情不改，浓似层层红叶。可是君心，会如我般依然吗？

碧海青天夜夜心，弹指间。

怕只是，过尽千帆皆不是，肠断白苹洲。

想人生，相看两不厌，也许只是李白和敬亭山的缘分吧？

看秋月寂静无语，观秋风凌乱起舞，想秋枫由来红艳。

多情应笑我。一声叹息。

枫，一秋醉你，一秋迷恋你。

你若是男子，定嫁你，醉我一季情；我若是男子，定娶你，圆我一生梦。

望枫林筛落秋阳，细碎、暖和。

捧一把细暖阳光，紧贴胸口。拾一片枫叶，夹于书页，藏于心中。

让所有的偶尔赌气都风干吧，只记取枫的好，只记取片片枫叶情。

写些暖暖的文字，为我，为你，为青丝染霜时。

情深因枫醉，忆君随风起。流年纵深处，忆取当年情。

秋浓秋深，岁月安然静好。

秋浓花未睡

"生如夏花之绚烂，死如秋叶之静美。"虽说秋意渐浓，月凉如水，秋叶之静美仍是泰戈尔诗句里的华章，只能在记忆里打捞。

那秋花，依然绚烂，一如夏花，美艳如昨，未曾睡去，不敢睡去，似在等待风雨夜归人。

这南粤的秋啊！

爱美就是爱生活。

美好的事物总是叫人迷恋，美景、美人、美梦……一朵开得当季的花，总叫我驻足不前，朝朝暮暮频顾惜。夜深恐怕花睡去，明朝醒来空看枝。于是，明月夜，不烧高烛的我，仍然流连花草间。

总想轻抚你的娇容，哈气成兰，轻拥你入怀。终不想你只是我沉重的叹息，梦里的常客。

还是爱做梦。

梦里，秋风飒飒，落英缤纷，我长发飘飘，衣袂扬扬，搅动一秋的静美。

丹枫染红了双腮，如少女羞涩的桃晕。问花花不语，乱红飞过秋千去。

怕只怕，落花人独立，微雨燕双飞。红笺小令，你和我只是一个转身的距离。

你终究会离去啊！开开落落，更换交替。我无能为力。

你的前生，我已缺席；来世，太渺茫，亦不知是谁，在银杏树下等你。

就让我怜爱这一秋的你吧，珍藏你一生的情。把你护紧在我胸口，在秋的微凉里，给你些许的温暖。

不忍看你在生命的枝头坠落，不许你从我的视线消失⋯⋯

这一秋。不只是这一秋，无可救药地，我多情的镜头总是被你打动。

它凝视，它回眸，它不能自己，千百次地把你定格在我的记忆之楼。

最忆不过银杏秋色

又是一年秋浓时。深绿的叶子变浅黄，变苍黄，与树身告别，纷纷扬扬，如同美丽的蝴蝶飞舞，旋转，最后与大地相拥。这情景多么熟悉。

想起那一年的深秋，我跟好友阿美，还有阿美那群玩摄影的朋友，不远千里特意到"中国银杏第一乡"寻访银杏秋色。那是一个叫海洋乡的地方，有着如海洋般的银杏树。

"银杏第一乡"在广西桂林海洋乡，那里是银杏的世界，银杏的海洋。上百万株的银杏，多得你难以想象，光是百年以上的就近二万株，是世界上人均占有银杏最多的地方。

看银杏秋色最美的季节就是十一月的中下旬，时间只是一两周，非常短暂，就如人生，短暂得你还没来得及回味，就化为一缕青烟，绝尘而去。

我们去的时候是十一月下旬，美丽的银杏秋色依然可见。据说，早一天来，会看到更美的银杏秋色。我们来时，已掉了很多叶子，瘦了秋的身子。在我眼里,这已是绝妙的秋色,是真正的秋天。跟来得迟的人相比,我已没什么遗憾。

在山坡上,在农家院子,放眼望去,到处都是苍黄的银杏,如云似盖,密密麻麻,挤挤挨挨。走在其间,头顶金黄,脚踩苍黄,天地同色,不知是人在画中游,还是画随人在走,感觉真是美妙。

橙黄的叶子,像羽毛,似流云,一片又一片,从树上脱离,轻飘飘地,像柔若无骨的女子轻微地叹息。她在我们的三脚架上,在我们发间、身上,轻轻抚摸、停歇。无声无息,那般静,我仿佛听到她的轻吟浅唱;那般光景,叫人平添几分岁月安然静好、幸福真简单之感。

仰起脸,闭着眼,静听叶落。这秋之静美,叫人如此欢喜。

想起泰戈尔的喟叹:"生如夏花之绚烂,死如秋叶之静美。"绚烂的夏花容易叫人顿感生命的蓬勃,生命的可爱。但,静美之秋叶,也是生命的形态,是对生命的另一种表达。"不盛不乱 / 姿态如烟 / 即便枯萎 / 也保留丰肌清骨的傲然 / 玄之又玄。"我相信,秋之落叶不是生命的终结,而是另一个行程的开始。人生亦如此。

满地的落叶,似地毡铺展于林荫间,古道旧巷,最深处落叶几乎没达膝盖。脚踩其中,沙沙作响。累了,就席地而坐,就像坐在柔柔的软软的羊毛地毡上,身子被金黄的落叶深抱。一对情侣,相拥于苍黄的银杏秋色间,女的躺在落叶上,如同一个睡美人,男的用秋叶,轻轻地一片一片铺在她身上。渺渺的秋阳偶尔渗漏下来,投影到情人身上,斑斑驳驳,光怪陆离。爱情的画卷,被秋天描绘得如此浪漫,如此迷人,叫人不忍离开。

我们来到了海洋乡的大桐木村。据说这是湘桂故道。这个村子有保持较为完好的古民居,以及清朝嘉庆年间始建的古井,一切都古色古香。村口塘边那棵桂花树下，清代同治十三年国子监太学生唐亨琦立的拴马石，依然还在，叫你想起古道西风瘦马，想起打马落叶离人泪。被银杏树包围的古村落，叫你不由得发幽古之思。

中午，我们一行人用租来的餐具，在银杏树下，架灶生火，唱起锅盘油盐之歌。大地为餐桌，落叶为凳子。那秋叶，甚是热情，不请自到，与我们共进午餐。

这个美丽的银杏秋色，如梦似幻，叫我念念不忘。

掬一把秋天的澄明

红尘太纷扰，人生太无奈，你善变的脸叫人无所适从。昨天笑语盈盈，热情如燃烧的沙漠；今日冷言冷语，寒意如剑逼。那堆折折叠叠的千纸鹤，我亲手为你折叠的千纸鹤，那些等待澄明的日子放飞的千纸鹤，没了灵魂，折了翅膀，凌乱了我的世界。我听到了千纸鹤嘤嘤的哀鸣。这个初秋，这个炎热依然肆意地狂飙、挥汗如雨的初秋，似是已到了寒烟锁翠，满地黄花堆积的深秋。

一个精致的青花瓷，从高空跌落，撞击地板，如花开般散开。飞起的碎片，击中我紧护着的心，心瓣雨纷纷落，就如那碎了的青花瓷。

这个世界变得太快，太不可思议，让我措手不及。我唯有把所有的悲伤独自一个人扛，一个人尝，让世界冷却。

我似一匹受伤的狼，独舞于午夜，舔着伤口，独自疗伤。当黎明掀开夜的浓雾，我要披上那件外衣，那件叫作快乐的外衣，遮掩流年的千疮百孔，粉饰经年的满目疮痍。

是缘分太浅？是这个世界诱惑太多？还是逃脱不过的宿命？

别问，别问，什么都别问。

我不会问你，曾经明亮的世界为什么刹那间黯然失色、风沙盖地？我不会告诉你，你的冷漠是如何像一把利刃刺穿了那片曾经澄明的天空。你忘了自己的诺言。我也许没机会再告诉你，我们曾经有过的澄明，是如何地像一泓澄清的湖水日夜荡漾于我心海，直想永远掬于怀中。

给我一扇窗口吧，一扇澄明如剪剪秋水的窗口，一个澄清的心灵天窗。我要独自一个人背起行囊，去寻找心灵的净土。那里空气澄清，秋水无尘；那里水草丰茂，牛羊肥美；那里雪莲洁白，塔松苍劲；那里桃花如梦，落英缤纷。这是我的天堂，我的美梦。在我年华渐逝的今天，我依然没忘记年轻时候所描绘的美景。我不止一次地从心灵深处呐喊着做一个真我的行者，行走，行走，走出纷扰的世界，走出失色的人间。行走在我的桃花源，行走在风清月朗的天堂。

然而，我终究无法超越现实的樊篱，就像孙行者身上的紧箍咒，终究逃不出如来佛掌。我仍然是要行走于钢筋水泥的格子森林。我六根未净，尘缘不绝，断不了红尘念想。我还是在红尘的悲悲喜喜中起起伏伏，轮轮回回，念念想想，做着痴人的梦。

去旅行吧，去做一个人的旅行，去做心灵的旅行。在旅行中放逐自己，放任自流于大自然，与大自然亲密接触，心神交融，享受无拘无束的自由。

我一个人，或是行走，或是开车，走走停停，停停走走。爬山、涉水，游走于城市的边沿……随心由性，心因景牵，情缘景动。爱停在哪就停在哪，想待多久就待多久，没了催促，没了埋怨。

行走中，我变得越来越多愁善感。我会为岩石间一株小草而流泪，感动于它顽强的生命力；我会为一朵漂亮的花儿而顾影自怜，感叹生命的精彩与无奈；我也会为城市上空那片湛蓝湛蓝的天空而激动，坐在草地上仰望蓝空，喃喃自语，久久发呆。

我和我的镜头如痴如醉地流连于一处处美景，一幅幅画面。我忘记了头顶上的烈日，忘记了这红尘中的烦恼，直想把那些澄明一一掬入怀。

只为红遍心扉的你

梦里几度枫林醉，如今红叶眼前见。

想念了一秋的红叶，终于见到了。

从秋天开始，就想着看红叶，也策划了好久，终因各种原因推迟了一次又一次。

十二月，我和几个同样有着红叶情结的朋友自驾车，不远千里到著名的枫林区广西德保，终于见到了魂牵梦萦的红叶。

在去德保之前，我们不断在网上搜索有关信息，广西那边的朋友也不断给我们提供红叶情况。叶子什么时候红了，红到什么程度了，天气好不好。默默无闻的德保，因了这红色的精灵，让我们魂牵梦萦，分外向往。

德保只是广西一个小小县，但种植枫林的面积达 10 多万亩，主要集中在巴头、马隘、那甲等乡镇。每年从十月份开始到第二年二月，德保枫叶五颜六色，披满山头。这几个月时间里，你要用心选择最佳时机，才能看到最美的红叶。

为了方便寻找红叶，细细品赏红叶，一偿宿愿，我们选择了自驾游。时间为三天。

行程是从广东一路高速到达广西平果县——田东——作登——德保，游览天堂谷、百布水库（红枫湖）——马隘—巴头——德保——那甲——大新——隆安——南宁，游览陇王、多沟、陇位、多美等枫叶观察点。

德保有着"德保枫叶赛九寨"的美誉。果然名副其实，名不虚传。这里简直是枫叶的世界，仿佛全世界的枫叶都跑到德保了。漫山红遍，层林尽染。那红叶，深红、绛红、霞红、黄红混合着，漂亮极了。"霜叶红于二月花"，红遍了我心扉，醉红了我情怀。

德保简直是一个五彩斑斓的世界，如同一幅幅浓抹艳彩的油画。除了红叶，还有黄叶、绿叶。红的像火，黄的如橙，绿的似翡翠。一层层，一片片，一坡坡，一树树。似醉金洒地，如云霞缭绕。连片的枫林在阳光映照下异常地绚丽多彩。简直是一个彩林童话世界，又仿佛是大山奏鸣曲的五彩音符，风姿绰约，美不胜收，叫人目不暇接。

见到红叶那一刻，如同见到等待了千年的恋人。我和同来的朋友情不自禁地张开双臂，直想把它拥入怀。我们尽情欣赏这魂牵梦萦的红叶，沉醉于色彩斑斓的童话世界，忘记了跋山涉水的疲倦。

德保是属于红叶的。红叶成就了德保，德保因红叶而美丽。红叶的季节，平时不太热闹的德保，变得热闹非凡。夜宿德保县城时，我们见到不少外地的车子，尤其是南宁的居多。他们也是来看红叶的。这世上原来有这么多人跟我一样也爱着红叶！这不奇怪，美的东西总是让人神往，让人放下红尘俗事，不顾一切地去追寻。

这里也成了摄影爱好者的天堂，我们不时见到扛着长枪短炮的摄影家、发烧友。在大章，恰好遇到一帮"色友"在搞户外拍摄活动。漂亮的模特在枫树下、树上、落叶中，摆出各种诱人的美姿，千娇百媚，风情万种，任由你拍摄，引得无数游人停留驻足观看。我们的镜头也不失时机地瞄准模特。

在多美，我们还偶遇了在同一个城市的影友，真是人生何处不相逢。既然有缘千里来"相会"，何不携手共赏美景？于是，我们的车子跟他们一起，继续寻找心中最美的枫叶，最迷人的秋色。

这一行程，我们拍到许多叫人醉心不已的红叶。如果不是我们的爱恋，如果不是我们的执着，红叶也许只是一个遥不可及的梦。有梦就要圆，有梦就不要停止脚步，没有什么比圆梦更叫人快乐。

第五辑

非常岁月

把善良传下去

1月22日　晴

这些日子，我每天起床第一件事和有闲的时候，都是用手机看跟新型冠状病毒肺炎有关的新闻报道、消息，刷朋友圈。特别关注武汉友人的朋友圈。今天也不例外。

李兰娟等专家今天建议武汉封城，把有可能传染的人局限在武汉，不向外扩散，以保证其他省、城市的安全。

武汉是疫情核心区，专家根据疫情做出建议，政府封城是"断臂"之壮举。我把凤凰网登的《武汉市市长回应"封城之说"：全城已进入"战时状态"》，发给夏老师看。她是我参加全国教育培训时认识的武汉教师。

"战时状态"几个字让我神经绷紧，我问夏老师有没有去其他地方的打算。微信那头的夏老师很快回复：谢谢陈老师的关心！我和家人哪里都不去，就守在武汉，与武汉共生死，像亚姆村民一样把善良传下去！

128

英国亚姆村的故事，是我多年前跟夏老师分享的。在这个特殊时期，她重提起，曾经的感动又涌出来。

17世纪，欧洲历史上最为恐怖的瘟疫黑死病席卷欧洲。奇怪的是英国北部却安然无恙，仿佛黑死病与他们无关。这要感谢亚姆村民。位于英国中部德比郡山谷内的亚姆村，村民原本生活无忧。1665年夏天，一位伦敦商人把藏有跳蚤的布料带到村里。这些已染上鼠疫病毒的跳蚤，把病毒传染给裁缝，致使其全家人两天内死亡，接触过他们的村民也染上病。村民得知这就是恐怖的黑死病时，准备向北逃离。

牧师威廉第一个反对逃离。他说，逃出去或许有一丝希望，但目前很难判断谁已经感染了病毒。感染了，在哪里都是死，可是逃出去只会传染给更多人。不如留下来，一起抵抗瘟疫，阻止病毒从亚姆村传播到北方。让我们把善良传递下去吧，让后人记住善良！经过讨论，村民做出极具牺牲精神的选择：留在亚姆村！

亚姆村民将整个村庄隔离，任何人不得外出，也不能进来。在此后的日子里，村民陆续染病死亡，连威廉牧师也难逃黑死病的魔爪。一年后，黑死病消失了。全村344人，只有几十人活下来，大部分是16岁以下的孩子。威廉牧师叫每个染病的村民事先写好墓志铭。他的墓志铭只有一句话：请把善良传递下去。是的，正是因为亚姆村人的善良和勇于牺牲精神，才成功隔断黑死病朝北蔓延，挽救了千万人的生命。

把善良传下去！这是善良人的善良想法，这种想法需要多大的牺牲精神！在武汉被病毒肆虐时，重温这个关于善良的故事，我心如波涛，泪如泉涌。武汉封城，既是大局之计，善良之举，也是像亚姆村民一样具有牺牲精神的大爱。像夏老师这样的武汉人并不是无处可去，而是要把善良传递下去。

暖心口罩

1月23日　晴

按原计划，家人今天下午开车回阿明老家过年。他老家在雷州半岛一个村庄。我们只是过年时才回去住几天，平时几乎不回去，老家的房子空着。

上午，我又上街买些年货回乡，再去药店看看有没有口罩卖。乡下的卫生条件比不上城里，口罩多的话可以送给老家的人用。前两天，我找了几家药店都买不到口罩，托人买也是两手空空。现在，谁都知道发生疫情，要预防，所以，口罩买断市了。加上春节临近，快递不发货了。于是，平时少人问津的口罩现在成了"紧俏货"，也成了送人最好的"年货"。

这天上午，我又没买到口罩，很遗憾。身累，心也累，完全没有过年的愉快。我躺在床上，用手机看微信，见到明医生在朋友圈说：今天有免费口罩送，谁需要过来拿哈。

我一阵狂喜：正为口罩发愁呢，这回可好了。真是雪中送炭啊！同时，我也温暖阵阵：别人把口罩高价卖，她却免费送！没有乘人之危，没有趁机发财，真是良心医生。这么多年帮衬她，我没看错人。于是，我马上在微信里给她留言：明医生，我要口罩！她叫我今天下午3点钟去她的诊所拿。

明医生是私人诊所的牙科医生。十年前，她刚出道的时候，我就成为她的顾客。我不知她姓什么。她叫我喊她明医生，或是明姑娘。因为她的态度好，说话细声细气，对病人很用心，收费也比较合理。所以，我一有牙疼就找她看。她的诊所搬到哪里，我就跟到哪儿。

下午，在去诊所的路上，车出问题了。明医生左等右等不见我，在微信留言叫我快过去拿口罩，很多客人排队要。我正想叫她留几个口罩给我，那部老得时不时耍脾气的手机，这时"断气"了。我没法回复。等我气喘吁吁赶到她的诊所，诊所冷冷清清的，她去购买年货了，只有一个小伙子在值班。他说口罩抢光了，没有了。我只好回去。

在路上，我不甘心，弄好手机后跟明医生联系，告诉她原委。她说帮我想办法。一会儿，她打我手机，叫我回诊所拿口罩。

我终于拿到口罩了！是明医生从留给自己用的口罩中腾出几个给我。

我想起加缪在《鼠疫》中说的一句话：这世上如果还有一样东西，人总是渴望，有时也能获得的话，那就是人与人之间的温情。

人是感性动物，人人需要温情，需要关爱，尤其是这个被病毒肆虐的寒冬，更渴望爱与温暖。几个小小的口罩虽然不多，也不值几个钱，但在非常时期，这份来自普通人的真情，倍加感动和温暖。

三十 特别的大年

1月24日　多云转阴

今天是大年三十，是 2019 年农历最后一天，也是我回乡过年的第二天。

阿明的父母都在城里工作，退休后仍然在城里生活，但每年一定要回乡下过年。在我看来，陪父母回乡下过年，是晚辈应该有的孝顺，更是送给他们的最好"年货"。所以，自从跟阿明结婚以来，我每年都回这个乡村过年，见证了它的变迁。

我也喜欢上乡村最具中国传统特色的年味。乡下的年味很浓，最浓是年三十，不管路途多遥远，人们都要回乡与亲人团聚，与族人一起祭祖，与家人吃团圆饭，除夕一起守岁。

今年因为疫情，年味稍微淡了一些。有些人因为怕疫情，不敢回乡下过年。

下午，跟往年过年一样，我和阿明贴对联，也叫孩子帮手。家婆准备好祭祖的东西，一家人都去祖公屋，与族人一起祭祖。我不是很迷信的人，但现在我特别希望有所谓的神明，能够护佑苍生。在祖公的神牌面前，我虔诚地双手合十，默默祈祷家人平安健康，武汉人民不再受病毒肆虐，中国人民快点战胜毒魔，国泰民安。

吃完团圆饭，守岁的时候，我用手机上网，刷朋友圈。我的文友中，诗词大家古木兄、著名儿童文学作家董宏猷等人，都选择坚守武汉。他们的朋友圈，我看得特别仔细。

被小朋友称为"大胡子叔叔"的董宏猷，每天更新他的朋友圈，有原创，也有转发文章。他所发的文字和图片，成了我们了解疫情、前线战士以及他自己情况的一个窗口。

今天，他在朋友圈这样说：空旷少人的街头。突然安静的江城。但是，就在今天，除夕之际，我的许多朋友们都在行动，都在积极组织捐赠医用物资支援抗疫前线。他们都是平凡普通的武汉人，但在危难之际，他们都是义无反顾的英雄。借此机会，向奋战在第一线的医护人员、慈善义士们拜年！向各位朋友拜年！祝各位春节吉祥！全家安康！

在这个不平凡的除夕夜，看到这段文字，我为坚强的武汉人民，为全国各地援助疫区的白衣战士、勇士、义士而深深感动。在我们与家人团聚的时候，他们却离开亲人，冒着刺骨的寒风，冒着被病毒感染的生命危险，为保卫生命与新型冠状病毒肺炎作战。有一句话说得好：哪有什么岁月静好，只不过是有人为你负重前行。是的，因为在抗疫前方，有英勇的人民，有敢于担当的逆行者，才有后方的平安。

我想起英国诗人约翰·唐恩的诗《每个人都不是一座孤岛》。海明威在自己作品的扉页曾引用这首诗：

没有人是一座孤岛，

可以自全。

每个人都是大陆的一片，

整体的一部分。

如果海水冲掉一块，

欧洲就减小，

如同一个海岬失掉一角，

如同你的朋友或者你自己的领地失掉一块

任何人的死亡都是我的损失，

因为我是人类的一员，

因此　不要问丧钟为谁而鸣，

它就为你而鸣。

新冠肺炎很残酷，不管你是何种身份都敢侵害，没有一个人会被它"照顾"。这个冬天，武汉很不幸被病毒肆虐。所幸的是，有来自全国人民的支持，武汉不孤独，更不是"孤岛"。

寒风冷雨中
的暖情

1月25日 小雨

今天是大年初一，一大早，我就被鞭炮声吵醒了。孩子的奶奶早早就起床准备祭祖的东西。

我起床后第一件事就是给奶奶一个红包，寓意吉庆，祝她新年快乐，健康长寿！然后，我做她的帮手。我们用煮好的白米饭分别装在两个碗里，对合起来，成合饭；泡茶、备酒和茶杯、酒杯等。然后，把这些东西都摆放在一个大篮子里。阿明起床后，提着篮子去祖公屋祭祖。按当地风俗，年初一要祭祖。

吃完早餐，我和家人先到村新建的法制公园，再去村文化楼。村民三三两两，但没有什么人戴口罩。是乡里乡亲的不好意思戴口罩？是觉得新型冠状病毒肺炎离得远？还是不知发生疫情？我不得而知。

我叫家人去村边的田野里。田野依然绿油油，有青菜、青瓜、荷兰豆等，有比山东大葱还高的甘蔗。青绿中有点缀其中的红辣椒、西红柿、茄子等。我们像往年一样在田地里摘些蔬菜，但今天有点冷，阿明没有下河捉鱼。

天下起雨，湿冷。前几天穿一件长袖衣服就可以过冬了，甚至有人穿起短袖衫。于是，我以为今年的春节会是暖春，谁知天气转冷了，早上起来就冷了。我穿着大衣还是瑟瑟发抖，我们离开田野，赶快回家。

我的手机满满是来自全国各地友人和读者发来的问候和祝福，我躲在暖暖的被窝里一一回复。

"非常时期、非常牵挂，没有华丽的语言，只有心里默默地祝福，愿我们彼此百病不侵！祝陈老师及家人健康平安！万事顺意！"

武汉友人夏老师在微信里着急地问我，知不知道湛江哪里有提供给武汉人住的地方。

原来，她的一个远房表弟，赶在武汉封城前，带着一家几口人离开，开车前往海南岛。所到之处，多不受待见。有些人一听说他们来自疫情区都害怕，酒店不敢留宿，饭店不敢让他们进去就餐。寒风飕飕，冷雨潇潇，一路颠沛流离，忍饥挨饿。性情暴烈的妻子受不了委屈，骂对方没有同情心，没有同胞情。表弟劝她换位思考，非常时期，他们害怕传染瘟疫，保护自己，这没有错。自己一家人逃离武汉不也是想远离瘟疫吗？如果可以选择，有多少人愿意冒险？谁不想活命？妻子不吭声了。

快进入湛江境内，表弟获知许多想去海南的湖北人进不了海南岛，滞留在广东省湛江市徐闻县。徐闻是进出海南的必经之地。往前是进不去的海岛，往后是回不去的故乡。寒风冷雨中，他们进退两难，滞留在徐闻，望海兴叹。表弟在朋友圈发出求助，夏老师想起我在湛江，便向我打听情况，看哪里能安置滞留人员。

我多方打听，恰好在徐闻北跑兄的朋友圈看到一则消息：有急需入住的武汉游客，请指引至海安镇望海楼（徐闻海关培训基地）和华通住宿（徐海路中段），免费入住。有好几个友人也在微信朋友圈转发了这则消息，并温馨提示：今晚降温了，外面下着雨呢，让武汉同胞在异乡先解决温饱，才能战疫情。

　　话语不多，却很暖心。是啊，大年初一，我们与家人温馨过年的时候，滞留在外的武汉同胞却流落街头，有家难归。现在好了，在祖国最南的广东湛江徐闻，有温暖的安置了。

　　我马上把这个温暖的消息转发给夏老师。不久，她在微信给我留言，表弟一家已在徐闻住下了。有人给他们做健康检查后，他们吃上热气腾腾的饭菜，还洗了热水澡，洗掉一路的寒意。这一切都是免费的！

疫情与亲情

1月26日　多云

今天是年初二，是我回乡过年的第三天。还在梦乡的时候，窗外就响起一阵阵鞭炮声，我被吵醒了。之后，整个村子寂静无声。天气还像昨天一样寒冷，我的心情有些郁闷。

在武汉没封城之前，娟姐告诉我们，初定于年初二给姐夫做生日。我很久没见过他们了，加上当时湛江的疫情不严重，我就一口答应了。

按湛江的风俗，成了家的人遇上有"一"的生日，比如四十一、五十一、六十一等，都是大生日，会选在年初做生日。小生日可以不理，但大生日一定要操办，添寿又添福禄。届时，亲戚朋友、村人会前来庆贺，高朋满座，嘉宾如云，喜气盈门。祝寿的来宾越多，人气越旺，主人越有面子，越高兴。所以，无论多穷的人，就算借钱，到了大生日都要摆上几桌，否则被人说小气，没人缘。

娟姐夫妇都比较重亲情、爱面子，姐夫的大生日怎么可能不庆祝呢？可是，今年的情况特殊。多人聚餐，推杯换盏，口水横飞，很容易传染、感染病毒。新型冠状病毒肺炎很狡猾，潜伏期长，聚餐的亲友中，谁也不知道谁已"中枪"了。而且，政府三令五申不搞聚会，不聚餐，不扎堆。作为普通老百姓，上不了前线抗疫，就老老实实宅在家防疫，不添乱，也是给国家做贡献。

昨天，我打电话给娟姐探口风，希望放弃年初二做生日，等疫情过后再做。她说，按农村风俗是要在年初做大生日，时间不改。

我想，年初二我是遵守诺言去做生日，还是继续宅家防疫不去？疫情面前如何处理好亲情关系？我怕娟姐责怪，就跟江妹联系。江妹也不赞成年初二去做生日。我和她联手做娟姐的思想工作，求得他们的谅解。

我在亲人群里转发一些帖子，比如《钟南山院士呼吁：解决疫情最快，成本最低的方式就是全中国人民在家隔离两周》。怕她没时间看，我把钟院士的话复制发在群里：

"解决疫情最快，成本最低的方式就是全中国人民在家隔离两周，这样对全国经济影响最小，对生命健康最有利。强烈建议全中国人民都在家过春节，不要走亲访友。不是人情淡薄，是生命第一。"

我还特意转发一些因聚餐发生病毒感染的新闻发在群里，江妹附和，也说亲友聚餐很危险。

今天，我打电话给娟姐。她说，疫情这么厉害，是要小心。你们就不要来做生日了。

我大喜，她也明白了：疫情下，不是不重亲情，而是生命比面子更重要！不冒险聚会，是重视亲情的别样表达。

我马上在微信转了一千元给娟姐，并写了热情洋溢的生日贺词，感谢他们视亲情如生命。

温厚的广东人

1月27日　阴

今天，网上和朋友圈被一篇"暖文"霸屏了。这篇叫《"温厚的广东人"火了！收留滞留武汉籍旅客，多地出手》"暖文"，其中有一段这样说：

春节假期，不少湖北籍旅客原计划经广东湛江徐闻乘船前往海南岛旅游，受近期疫情影响，部分旅客的行程被耽误。徐闻县的做法受到无数网友点赞。近日，一张开头写道"温厚的广东人"的图片流传，触动了不少人……

"温厚的广东人"成为"网红"，广东湛江徐闻人获得全国人民点赞，在我是意料之中。

前天，也就是年初一，徐闻出台政策收留滞留在徐闻的湖北旅客。我还把这个信息提供给替表弟向我求助的夏老师。不久，她告诉我，表弟一家人在徐闻政府指定的健康观察酒店住下了。每天有人来给他们测量体温、消毒，所有费用全免。徐闻许姐志愿者协会的志愿者，为他们提供细心、周到的暖心服务。他们将住在华通酒店观察14天。健康观察期间只能在酒店的范围内活动。14天后，如果没有病症就能离开酒店自由活动了。表弟表示，他们会配合徐闻人民抗疫，自觉隔离，保护自己，关爱他人，不给国家添乱。

自从武汉封城后，湖北人，尤其是武汉人，所到之处，当地有些人很害怕，不敢接收。但湛江人没有拒绝，而且安置滞留在徐闻的湖北旅客，湛江没有反对的声音，意见高度一致。昨天，湛江的媒体都报道了徐闻人的善举，很多人转发到朋友圈。湛江人以能够为疫区的同胞做点实事为荣，有钱出钱，有力出力，表现出"一方有难，八方支持"的大爱，其善良由此可见一斑。

在武汉的夏老师也把这则新闻转发给我看，万分感慨道："瘟疫无情，人间有爱啊！你们广东湛江徐闻人太善良了！"

我说，湛江处于中国大陆最南，经济欠发达，但人真的很善良。我们的温良敦厚、至情至性，是历史以来形成的人文底色。

1591年，明朝著名戏剧家汤显祖因言获罪，被流放到徐闻。当时的岭南被视为"南蛮之地"，而徐闻更在大陆最南端。徐闻人没有因为汤显祖是"贬官"而唾弃他，相反，他们敬重他，慰藉他。这使远离家乡、政治失意的大戏剧家倍感温暖。在徐闻，他写下传世之作《牡丹亭》，还创办贵生书院，提倡"天地孰为贵，乾坤只此生"。

汤显祖弘扬的"贵生"理念、"明理"精神深入人心，几百年来徐闻人怀念汤显祖，延续至今。所以，今天的徐闻人向进退维谷的武汉人伸出援助之手，正是这种人文精神的延续。

众所周知，武汉封城前，有几十万人离开武汉，流向其他省市。如何妥善处理这些来自武汉的游客，成了流向地政府和百姓要面对的问题。赶，太没有同胞情；留，又怕感染病毒。真是很棘手。徐闻人的举措，给解决滞留的湖北籍旅客问题做出了表率，一个十分温情的范本。此后，不断传出广东其他地方，以及广西、云南、贵州等地，妥善安置湖北旅客的消息。他们的善良之举，像冬天的一把火，烘暖了遭受瘟疫之苦、彷徨凄迷的湖北人。

我想，这段经历会成为被温暖安置的武汉籍旅客难忘之旅，像汤显祖一样念念不忘温厚的广东人。也许，他们会接过大爱的"接力棒"，像广东人一样，把人文精神传递给他人。

英雄的城市

1 月 28 日　阴

和昨天一样，今天很冷，刮北风。这是我回城里的第三天，今天也是一整天没有出门，宅在家里，关注疫情，写作。

今天，84 岁的钟南山院士接受新华社采访，视频前的钟院士侃侃而谈疫情，最后讲到武汉抗疫，他疲惫的眼睛含着泪水，哽咽着说："劲头上来了，很多东西都能解决，全国一起帮忙，武汉是能够过关的，武汉本来就是一座很英雄的城市。"

武汉本来就是一座英雄之城，钟院士这句话既是讲历史，也是讲现实，鼓士气。

1911 年 10 月，武昌起义打响了推翻清王朝的第一枪，建立中华民国；

1938 年，军民保卫大武汉，视死如归；

2003 年，武汉人民众志成城抗击"非典"；

2008 年，武汉人民勠力同心，战胜雪灾，迎来春天；

1998 年，迎战特大洪水，共渡难关；

……

而现在，2020 年伊始，武汉被新型冠状病毒肺炎肆虐。在疫情面前，武汉人民英勇无畏，以壮士断臂般的勇气封城；白衣战士向死而生，在申请书上盖上红指印，发出"不计报酬，无论生死"的豪言；在最危险、最苦累的地方，共产党员发出"我是党员，我先上！"的强音……所以说，武汉本来就是一座很英雄的城市，是实至名归。

我的文友"大胡子叔叔"董宏猷，在刚写的《答关心武汉和我的朋友们》诗中，告诉我们一个无畏的武汉人民："武汉人民，每一个人 | 都成为前线的战士"为了自己，为了家人，也为了中国和全世界，除了做好防护，武汉人还"坚强地活着／也请你相信我／相信武汉／相信不信邪的武汉人／一定会战胜凶猛的病毒／迎来一个清洁健康的春天"。

这首诗最初发在他的朋友圈，后来在全球华人朋友圈疯转。他用简洁有力的语言，告诉大家"我在武汉，我很好"，告诉朋友们，不信邪的武汉人一定能打赢这场"战疫"。

英雄之城不孤独，全国人民都支持武汉，为武汉加油。我看到一组数据，截至今晚，国家卫健委、国家中医药管理局、中国中医科学院、29 个省区市、三军 52 支医疗队，共有 6097 人援助湖北。

我对武汉的友人说：英雄的武汉一定能胜！加油！

1月30日　多云

今天是年初六，跟昨天一样冷，北风呼呼地吹，敲打着窗户。我不敢开窗通风透气，怕风吹进来，更怕狡猾的病毒随风破窗而入。

我打开电脑，一边吃早餐，一边看武汉火神山、雷神山医院建设的网上直播，当"云监工"。我已当了几天的"云监工"。

新冠病毒肺炎患者越来越多，床位严重缺乏，不少患者只能在家自我隔离。但病情不等人啊！有些患者还没等到有床位医治就去世了。为解决一床难求的问题，拯救患者生命，武汉封城后，国家开建火神山、雷神山医院，专门收治此类患者。

工地上热火朝天，成千上万的工人几班倒日夜赶工。这些来自全国的建筑工作者，放弃春节跟家人团聚，一声令下，逆行来到武汉。为了赶工程，除夕夜，别人在吃年夜饭，他们还在灯火通明的工地忙碌。

按计划要在十天内建好火神山医院，十五天内建好雷神山医院。在这么短的时间内建好两家医院，动用全国的力量，也只有中国才能做得到。

为了打赢这场不见硝烟的"战疫"，全国多少勇士逆行来到疫情中心的大武汉。他们逆行的身影，总是浮现在我的脑海里：

84 岁的钟南山院士建议大家，没有特殊情况不要去武汉，而他却不顾年事已高，多日奔波的劳累，义无反顾地赶往武汉防疫最前线；

同济医院的医护人员，主动申请去治疗第一线的，表示"不计报酬，无论生死"，按下红指印；

全国各地的白衣战士、军人、科技工作者、志愿者等，冒着凛冽的寒风，赶往疫情前线的武汉……

他们逆行的身影那么决绝，那么美丽。我关注着，感动着，总想表达出来，写出我对他们的敬佩与祝福。可是，又怕写不好，迟迟不敢动笔。不把他们的事迹写出来，我心里总感觉有亏欠。他们在前线救死扶伤，我在后方应以文为援。至于写得怎么样，是我的水平问题。

今天，我终于写出来了。《你是战士，你是火焰——献给抗击新型冠状病毒疫情的逆行者》，是一首适合朗诵的现代诗，是为逆行者而歌。

你——

迎着死神的魔爪，穿梭在疫区

忙碌的身影，护目镜遮挡不住的坚毅

似一团火焰

燃亮了被毒雾迷茫的江城，温暖了恐惧慌乱的心跳

那些苍白的生命，因为这光、这亮

再度鲜活，再度怒放

不是谁，都可以逆行成一道美丽的风景

这场没有硝烟的战争

你在前线冲锋陷阵，我在后方严防死守

共同加油，一起聆听春天的足音

待到晴空万里时

从长白山的雪峰到南海的波涛，

从沙漠的骆驼到江南的烟雨

都为我们举杯欢庆

······

写诗不是我的强项，但我有诗人的激情，有诗人的悲愤。选择用诗歌的形式，才能有力地表达出我的真挚感情。我年轻的时候写过诗，但现在很少写诗了。所以，写起来不是那么得心应手。写写停停，反复修改，花了整整一天的时间。

从文学艺术的角度来看，它不一定是一首好诗，但绝对是我的真情流露，是至情至性之作，是我献给当代最可爱的人的一份"礼物"。

今天与疫情有关的大事不少，其中有国务院副总理孙春兰受习近平总书记委托，率领中央赴湖北指导组看望医务工作者，考察社区防控工作。自疫情发生后，党中央十分重视，举全国之力投入这场战"疫"。年初一，习近平总书记主持召开中共中央政治局常务委员会会议，党中央决定向湖北等疫情严重地区派出指导组。年初三，习近平总书记委托李克强总理到湖北武汉考察指导疫情防控工作。全国自上至下，空前团结一致，抗控疫情。

珍惜眼前人

2月1日　多云

自从年初二从乡下回城后，我响应国家号召在家防疫，一直没有出门。关注疫情，跟朋友在微信交流，写作，阅读等，是我每天的必修课。

阿明不让我外出，说我抵抗能力差。他隔几天出去，每次都买很多吃的、用的屯起来，并且变着花样做饭做菜。我想帮手，他不让，叫我去写作。我深情地说，疫情把你变成家庭"煮男"。

平常的日子，他早出晚归，两头见星星。我上班之前洗米放进电饭锅里煮饭，下班后再去市场买菜，回到家赶快做菜。吃完午饭差不多一点钟了。很多时候，我吃完午饭睡觉了，他还没回家。他给我做一餐饭，我会感动得热泪盈眶，觉得自己是天下最幸福的女人。

我要上班、写作、做家务，里里外外操劳，长年累月，我变成一个"女汉子"。我有时想，如果不用做那么多家务，腾出多些时间写作，那有多好啊！我也知道，我和他都是职场中人，那只能是梦想。

抗疫时期，他几乎承包了家务，天天做可口的饭菜，我幸福，我感激。我问他为什么对我这样好。他说，要珍惜眼前人！

要珍惜眼前人，是我听了一对中年夫妇的故事后发出的感慨。这个故事是前几天武汉夏老师讲给我听的。主人公是她的邻居。他们的儿子在国外留学，幸好今年不回武汉过年。女的像爱儿子一样爱男的，什么活都不让他干，把他照顾得像少爷，她像少爷的保姆。男的经常在外面跟一群猪朋狗友吃吃喝喝，把女的晾在家里，自己一个人寂寞。她叫男的不要出去那么多，在家多陪陪她。男的嫌她啰唆，管得严，经常没给她好脸色。

男的被酒肉朋友传染了新型冠状病毒肺炎，又把病毒传染给女的。医院床位紧缺，要排队，两人双双在家隔离。女的托关系，终于弄到一个床位了。她让他先去住院。男的很感动，握住她的手说，等我们的病好了一起去海南看海！女的没见过海，早就想去海南看海了，男的一直说没空。在武汉封城前，她哥哥一家人去海南避瘟疫，叫他们一起去。女的向男的提出跟哥哥一家去海南，男的又不答应。

男的病好了，可是他再也没机会带她去看海了。她没有等到床位。她变成一把灰了。男的后悔不迭，恨自己以前没有好好珍惜她，等到懂得珍惜眼前人的时候，却再也没有机会了。

我曾经把这个故事讲给阿明听，对他无限感慨道："人就是矛盾，拥有时不懂得珍惜，失去时才追悔。世界上没有后悔药，珍惜眼前人吧！"

爱你爱你

2 月 2 日　多云

今天是 2020 年 2 月 2 日，谐音就是爱你爱你。这是一个百年一遇的好日子。这是一个有爱的日子，这是一个表白爱的好日子，爱祖国、爱朋友、爱家人、爱心上人、爱生活……所以，不少年轻人早就选定这一天跟心爱的人去登记，去旅行结婚。可是，他们做梦都没想到，新冠病毒阻住他们兑现爱的诺言。

今天是年初九，按照往年这一天肯定上班了，可是今年防控疫情，全国各行各业都推迟上班时间，2 月 10 日前不复工。民政局婚姻登记处这天不上班。

我的学生小丽原计划这天跟男朋友去登记。男朋友在武汉工作，一直没时间回来跟她登记，好不容易等到他春节回家探亲，他们想趁假期把"红本本"拿到手，对彼此有个交代，可是碰到今年情况特殊。男朋友的家在农村，她在城里。1 月 22 日，男朋友从武汉回来。第二天，武汉封城。他不知自己是否感染了病毒，忍住相思的折磨，不去看她，直接回到自己的家，在家自动隔离。他们只能在视频里"见面"，隔屏拥抱，彼此鼓励。

今天是他自我隔离的第12天，他的体温一直正常，没出现什么不妥症状。

"我要去看你！"小丽在视频里说。

"不行，再忍忍，战'疫'很快结束了，亲爱的，我们很快就可以见面了。"他冷静地安慰她。

"很快，很快，你已经说10多天了！"

忍不住相思之苦的小丽，瞒着家里人出去，偷偷开车前往他的村子。可是村子封村了，小丽进不去。一个壮男把守村口，一见小丽，指指横幅，叫她快走。那横幅上写道：今年过年不串门，串门只串自家门！

得知小丽在村口等他，男朋友有点怪她任性，又为她的真情感动。在见与不见间，他犹豫着。

"我都到你村口了，你就出来见见我吧！只看你一眼就行。风好大，好冷！"小丽裹紧大衣，打开微信视频。他看到她冷得发抖的模样，楚楚可怜。感情的潮水淹没了理智，他趁家人不注意，像做地下工作一样溜出去。

一堆乱石堵在村口，进不了，也出不去。他们只能隔着这堆石相望。两人都戴着口罩，只能望见对方眼镜后面的眼睛。

"小丽，我爱你！回去吧！"

"我也爱你！"小丽也拼命地挥手。

"都什么时候了，还我爱你，你爱我。你们快回去吧！"壮男打断他们。

男朋友狠狠心转身走了。他在微信里给小丽留言：今天，我虽不能拥抱你；今后，我会拥抱你一辈子。他还发了一个大大的吻和一颗红红的心。

当小丽讲他们的故事给我听时，我为非常时期的爱情唏嘘不已。

爱你，爱你！但愿疫情早点结束，但愿他们能相爱一辈子。

2月3日　小雨

今天是年初十，武汉封城的第12天。从今天开始，解放军驻湖北部队承担武汉市民生活物资配送供应任务。这真是武汉人民的福音。

除了战斗在抗疫前线的医护人员、科研人员、军人、警察、社区管理人员，以及组织抗疫的政府人员等，全国绝大多数人都在家防控疫情。为了防疫，学校开学时间，公司、工厂复工时间，一推再推，庚子年有一个超长的假期。

在家，可以关注疫情的进程，可以安静地看书，做自己的事情。只要不添乱，就是为社会做贡献了。然而，就是这样易如反掌的"贡献"，有些人却做不到了。他们喊无聊，想离开烦腻的家，想破窗而出。有些人只是图嘴巴痛快，口头"离家"，而有的人却是身体出走。

今天，我听一个微信朋友说，她那里有一个无聊的人偷偷跑到外面逛，不戴口罩，没有任何防护措施，还专门往人多的地方钻。回来之后，他还把在外面拍的图片、各种自拍发在朋友圈，得意扬扬地炫耀他的"勇敢无畏"，嘲笑别人胆小如鼠，窝在家里不敢出。他的讥笑声还没停下，自己就咳嗽、发烧，家人送他去医院检查，被诊断为疑似新型冠状病毒肺炎，再过几天确诊了。更要命的是他传染给了家人，连才几个月大的儿子也没能幸免，全家被隔离起来。他捶胸顿足后悔莫及，可惜世上没有后悔药。

他那天去过的地方，接触过的人都要一一落实，排查，不但增加了当地的工作量，浪费了大量的社会资源，也给他人带来生命威胁。真是一人的任性，众人的地狱；你厌烦的床，是前线战士的席梦思。

有人说，100个人里面，80个人严防死守，18个人无所谓，2个人到处作死，这2个人就会通过18个人，让80个人的努力白费。请大家务必坚持到底，在家！在家！不出门！！

这个提醒不是耸人听闻，制造恐慌，而是真的已有类似的事情发生。防控疫情，不只是前线人员的事，而是全国人民的事，涉及所有人的安全。

法国著名思想家伏尔泰说得好，雪崩的时候，没有一片雪花是无辜的！这个比喻太恰当了。雪崩了，哪片雪花不遭殃？哪片雪花没有责任？

疫情面前，没有小事，事事都是大事；疫情面前，没有谁能置之度外，人人都是责任者。

谁是国家的栋梁

2月9日　多云

今天看到中国科学院院士李兰娟女士的这番话，我深以为然。她的意思大概是这样：

这次疫情结束以后，希望国家给年轻一代树立正确的人生导向！把高薪留给德才兼备的科研、军事人员……适当管控娱乐圈那些"明星"动辄上千万的片酬！不要让年轻人一味追演艺明星，演艺明星是强不了国的！只有少年强则国强，为祖国未来发展培养自己的栋梁之材！希望媒体，教育部门，全社会能够形成一个共识，那就是教育我们的孩子要崇尚科学，要尊重科学家，要努力成为科学家。

李院士的话包含几层意思：一是从国家层面引导年轻一代树立正确的人生导向，培养栋梁之材；二是重视德才兼备的科研、军事、医护、教师等搞实业的人员；三是适当管控娱乐圈"明星"过高的片酬；四是教育孩子崇尚科学，努力成为科学家、实业家。

我要为李院士大大点赞。的确是，我们年轻一代价值观堪忧。我曾在一些学校做过调查，问中小学生将来想当什么。有的说，什么有钱就做什么；有的说做明星，有钱又有粉丝捧着，好风光；有的说将来整容去当"网红"。很少听到有人说当科学家救国，当医生救死扶伤，当解放军保家卫国。

学生之所以有这样的价值观，跟我们的导向、教育、媒体宣传有莫大的关系。在和平年代，打开网络，满眼都是明星、网红、小鲜肉、小鲜花。他们拍了什么戏，去哪里旅行，连恋爱、结婚、生孩子、离婚，这些私人的问题，媒体也不厌其烦地报道。这些人出个场，露一下脸，就是几十万、几百万，代言一个产品，动不动就是千万甚至上亿，这是大部分普通老百姓一辈子都赚不到的。这些人来钱太容易了。有些人还偷税漏税，像某明星被查到了，交个罚款就没事了。单是罚款就 8 个亿！这是什么概念？这对世界观、人生观、价值观正在形成的学生来说，冲击力简直就是电光石火。有多少人不向往当明星？有多少人肯干又苦又累又不赚钱的工作？

国家有难了，他们就躲起来，甚至躲到国外。像这次新型冠状病毒肺炎疫情，只有韩红等极个别明星站出来。

国家有难了，是我们的医护人员、军人、科技人员、警察等逆行者战斗在第一线。像钟南山、李兰娟等科学家不顾年事已高，冲锋在前。这些为国家、为民族舍生忘死、做出巨大贡献的人，才配得上是民族的脊梁，国家的栋梁。

疫情使国家和人民损失惨重，有些人生命定格在 2020 年。疫情也是照妖镜，照出平时不容易辨认出来的美丽与丑陋，高尚与卑鄙。国家应出台政策，扶持栋梁之材，让德不配位的人下课，整顿某些行业的天价收入，树立正确的舆论导向。

2月13日 小雨

一个在医院工作的朋友告诉我，湛江市遂溪县螺岗小镇旅游度假区也是健康观察点。大年初一傍晚，他们接到遂溪县疫情防控指挥部的任务，在此设立健康观察点。虽然有危险，想到大过年的，不能让滞留在外的湖北同胞流落街头，他们接受了任务。

第二天中午，朋友所在的医院派了3名医护人员到螺岗小镇。当天下午，就有38名湖北籍人员进驻螺岗小镇，作为期14天的医学健康观察。如果14天内无不良反应，就可以开健康证明，离开螺岗小镇自由行动。

在这里，每天有医护人员做健康检查。每天五菜一汤一水果，有海鲜，有特色菜，美味可口。遂溪人不但提供香喷喷的食物，为湖北同胞解决饥饿问题，还有暖心、贴心的细节。

每天，随餐送来红色的小卡片，卡片上满满是暖心的关怀，比如：

愿大家都能拥有：简单的陪伴，无条件的信任，看得见的在乎。

没有停不了的风雨，没有散不了的乌云。生活再难，也要拼尽全力！

再努力一下，为了你想见的人，想做的事，想成为的自己！

每张卡片上的最后都写着：螺岗小镇与您拥抱明天！

这一张张卡片，一次次暖心的关怀，像一股股暖流，温暖湖北同胞的心。他们中很多人原来想到海南避瘟疫，顺便旅游。但形势变化，他们去不了海南，滞留在湛江地区。

湛江人没有因为湖北人来自疫情区而嫌弃，而是接纳，妥善安排，先后设立了12个健康观察点，并尽力给他们提供最好的食宿条件，暖心的服务，尽显一个城市的包容与文明。

本想去海南岛享受阳光海滩，结果却滞留一隅，不能前往心仪之地，一开始有的湖北人有些情绪，但后来他们理解了在非常时期政府的人性化安置。加上在螺岗小镇的暖胃暖心服务，他们的心情好了起来，转而积极配合政府的健康观察。

14天过去了，这38人都拿到了健康证明，可以自由活动了。但他们却依依不舍。他们都胖了，说这是"暖心隔离"。他们盛赞遂溪人有情有义，湛江是一座温暖的城市。有的人甚至想留在这个暖心的地方当志愿者。

听完朋友讲的"暖心隔离"故事，我非常惊讶。我住的地方离螺岗小镇只有10多公里，如果不是朋友说出来，我还不知道呢。

徐闻人收留武汉人的善举，经媒体披露，全国皆知，一时传为美谈，我还把相关的报道转发到我的朋友圈。遂溪人也做了好事，却如此低调。他们低调，是认为这是本分之事，不想张扬，只想默默地帮助有需要的同胞，把温暖静静地传给他们。

隔空的吻

2月14日 小雨

今天是西方的情人节。要是往年，会出现各种秀恩爱，各种煽情、各种丽人倩影，艳光四射，隔空喊我爱你。而今年，这个非常时期的情人节安安静静，人们似乎忘记了这是一个曾是浪漫满屏的情人节。

我对阿明说，今天是情人节。他说，疫情那么严重，谁还有心思去理什么情人节！

我说，没病没疼，每天厮守，你能给我做菜，我能香香地吃你做的饭菜，这应是战"疫"时期最美的爱情。

在我看来，最有人间烟火味的爱情很简单，每天能愉快地见到对方，一起温馨地吃饭，一起聊天总不生厌。累了，有坚实的肩膀靠一靠；受伤了，有人给你揉一揉；情浓时，彼此张开怀抱。

在朋友圈，我看到一张很感人的照片。女孩是某感染科的护士，已连续加班很多天了，脸上满是被护目镜、口罩压伤的痕迹。男孩心疼要来看她，她不让，怕新型冠状病毒肺炎感染自己的心上人。今天是情人节，男孩压抑不住思念之情，加上担心她的伤势，来到她工作的地方。女孩望见他来了，忙跑过来。两人相见，中间隔着玻璃。两人面对面贴着玻璃。男孩问女孩好点没有。女孩说，好多了，只是伤口没有全部好。他贴着玻璃看她脸上的伤口，用手抚摸着，很心痛。他说，我想抱抱你！女孩说，我也想抱抱你！两人面对面拥抱，亲吻，只是中间隔着一墙又厚又冷的玻璃！

这隔空的亲吻，看哭了多少人！2020 年的情人节，有多少像他们这样的恋人、夫妻、亲人，无法相见，无法拥抱，只是远远地望着，甚至中间隔着不可逾越的障碍。但愿瘟疫早点结束，让爱情不虚拟，让亲吻不隔空。

第六辑

舌尖上的醉

西红柿实在是可爱。

不说别的，单是看外表就叫人喜爱，圆润、光滑、水嫩、鲜红。如同中国的年画，充满了喜气；摆在菜市场，在一堆堆青翠碧绿的蔬菜瓜果中，红红的西红柿显得格外醒目，像是身穿红衣裳的美女子，俏丽而热烈，叫人不由产生莫名的激动，难怪西方人认为它有强烈的催情作用，甚至认为当年夏娃和亚当在伊甸园偷吃的禁果就是西红柿。

人类爱上西红柿恰是从它红艳的外表开始。它原产南美洲，美艳红润，当时的人喜其艳红的外表，但又怕它有毒，不敢吃。因有野狼吃过，故叫其"狼桃"。天生丽质的西红柿，就在南美洲的原始森林里，红了，又落了，化为泥。像中国古时的宫女，"宫花寂寞红"。

美是遮掩不住的，不会被时光的尘土淹没。

第一个向世人揭开它神秘面纱的，是那个叫俄罗达里的英国公爵。那是 16 世纪的时光，多情的公爵来到南美洲旅行。对西红柿，公爵一见钟情，爱怜不已。爱它，就带它回家。公爵把它带回英国，作为爱情礼物送给情人伊丽莎白女王。从此，它住进了花园，供人观赏，并且有了叫人心跳的名字——"爱情果""情人果"。人们依然认为它有毒，不敢品尝。对它，就像对某些美人，只能远远地欣赏，不可亵渎。

有人爱它，不惜牺牲性命。17世纪的一个法国画家，多次描绘"爱情果"，被它美艳的外表深深吸引了。生性罗曼蒂克的画家中了它的"蛊"，决意尝一尝这尤物的滋味，就是赔上性命也在所不惜。这很像为爱情不惜赴汤蹈火的斗士。他写好遗书，穿上寿衣。做好一切准备后，他迫不及待地品尝那早已叫他不能自持的"情人果"。吃罢，躺在床上，静静地等待死神的召唤。墙上的挂钟滴滴答答响个不停。一个小时，一天，他生命的摆钟没有停摆。他欣喜若狂，从床上跃起。"西红柿无毒，可以吃"，他骄傲地向世人宣告。从此，西红柿的命运发生革命性的变化。从宫廷，到寻常巷陌；从欧洲，到全世界，都见到它可爱的身影。这个来自南美洲的"狼桃"，短短时间里征服了全世界。

在拖着长长辫子的清朝，西红柿来到古老的中国，一百多年来风靡神州，成为人们餐桌上的美味佳肴。中国人给它众多的称谓：番茄、洋柿子、狼桃、番李子、金橘、番柿、六月柿、洋海椒、毛腊果。

西红柿也出现在我家餐桌。小时候妈妈常用西红柿炒鸡蛋，到我掌勺的时候也学会这道菜。我对西红柿就跟别的蔬菜一样，没有特别的感情，可有可无，谈不上特别喜欢吃。我爱上西红柿，是受无语的影响。

无语是海南人，我们在网上认识很久，但从没见过面，连相片也没见过。一天晚上，她连续发来三张相片，叫我猜猜哪个是她。第一张相片，人又老又黑；第三张，年轻漂亮白嫩；第二张，居于两者之间。出于礼貌，我当然说第三张是她。她听了哈哈大笑，说，三张相片都是她，第三张是最近才拍的，还冒着热气呢。我惊讶不已：变化这么大，难道是整容？或是用了什么祖传秘方？无语听了又是大笑。原来她不是整容，也不是用什么秘方，而是常吃普普通通的西红柿。海南地处热带，长年强烈紫外线照射，加上奔波，不注意保养，她的皮肤又黑又粗，人显得很老。有朋友建议她多吃西红柿，她照办了，几乎天天吃。最喜欢喝西红柿汤。一段时间后，皮肤真的慢慢好转起来，脸上的痘痘也少了，人也变得漂亮，充满自信。

我半信半疑。西红柿的营养价值高，具有抗衰老作用，这些我是知道的。但是使人的皮肤发生天翻地覆的变化，则是第一次听说。不过我相信无语的为人，她应该不会哄我。我上网查阅有关资料，对西红柿有了更多了解。了解越多，越是喜爱。

从此，我的饮食世界有了一个关键词：西红柿。

每次买菜都少不了它。观赏，把玩，做成各种可口的美食。切成薄薄的片儿，摆在拼盘里，上面洒上白糖，用牙签挑起，当作水果般生食，酸酸甜甜，就像爱情的味道。或是炒着吃，西红柿炒牛肉、炒西兰花、炒鱼片、炒丝瓜等。当然最拿手的就是鸡蛋炒西红柿。我喜欢做成甜味的，放盐效果比不上放糖好吃。或是用瓦罐炖着、焖着吃，炖明虾、炖羊肉、炖牛腩、焖牛肉。

我还喜欢用西红柿做汤，一锅清水，数块红红的薄片漂浮在水面，就像朵朵红花盛开在水中央。这情形就像一首美丽的落红诗，单是看就叫人食欲顿生。等汤水滚开的时候，再在上面打上鸡蛋，这时，红的、黄的、白的，糅合在一起，沸腾着，色彩斑斓，更是叫人胃口大开，口水直流。

现在，我常用搅拌机把西红柿搅烂，倒出汁液，直接喝，或是配上牛奶等一起喝，味道好极了。西红柿还有美容作用呢，用榨出来的汁加上一些白糖，每天用其敷面，能使皮肤细腻光滑呢。

爱上西红柿的日子，快乐而充实。研究它的做法，花样百出，其乐无穷。

阿明也爱上了西红柿，轮到他买菜，不用我开口，西红柿常常跟着他回来。朋友请我吃饭，我必点西红柿。物美价廉，大家都有面子。

"难怪你皮肤变得这么好，原来是吃西红柿。"

今年春节，我们回乡下过年。在乡下过年实在没什么好玩，在村里逛了一圈后，阿明的侄子提议去河里捉鱼，我极力附和。于是几个大人、小孩，提桶的提桶，拿簸箕的拿簸箕，来到村边的小河捉鱼。冬天的鱼也冬眠了，不多，捉的只是一种乐趣。我不下河，就在河边的庄稼地左瞧右看。

一块西红柿地吸引了我。西红柿吃得不少了，但还是第一次在田地里见到西红柿。

地里种满了西红柿。藤上挂着一个个西红柿，圆形、椭圆，红色的、橙色的、绿色的。还没熟的果子颜色碧绿，就跟叶子的颜色一样，你一不小心就把果子跟叶子混淆；半生半熟的就呈橙色，很像橙子。"橙子！橙子！"侄子欢快地叫道，他也是头一次在田地里见到西红柿，把西红柿当是橙子呢。熟透的西红柿艳红欲滴，像一个个红灯笼，不由想起城市里的大红灯笼高高挂。

挂在藤上的西红柿，红艳艳的，鲜红欲滴，实在诱人。刚从藤上摘下的西红柿是什么味道呢？我忍不住要伸手去摘。"不准摘，没经农民伯伯同意不准摘人家的东西！"侄子发现了，发出警告。我笑了。

"让她摘吧，回去跟伯伯说一声就行了。"他说。侄子还是不同意我摘。

"不摘，只捡掉在地上的好不？"等侄子转过身又去看人捉鱼的时候，我赶快从藤上摘下一个。怕他看见，蹲下身子，用餐纸胡乱擦擦，就往嘴里送。那味道，何止是鲜美了得！我敢说，这是我吃过的西红柿中，最好吃的一次。

香飘朱家角

在上海，我们逛了很多地方，黄浦江畔的上海滩、繁华的南京路、现代版的"清明上河图"上海老街、上海老城隍庙的小吃广场等。

待在江南水乡朱家角的时间最多。我们是春天走进上海青浦区朱家角古镇的。住在朱家角那几天，我一有空就走进古镇，逛逛北大街，尝尝美食。

朱家角古镇，给我的第一感觉就是：古色古香。

民居沿河而建，白墙黛瓦，灯笼高挂，小桥流水，桃柳垂岸，桨橹欸乃。那些青石地板、雕梁画栋、勾廓翘角，吱呀门扉，写满历史的痕迹，散发出古朴的味道。

三国时期朱家角已形成村落，是有名的江南水乡，鱼米之乡。那时船来人往，商业日盛，村落日渐热闹。到了宋、元时期，村落成了集市，叫朱家村。明朝时建镇，有一个很美的名字，叫珠街阁。濒临淀山湖的朱家角，在明、清时期，先后以布业、米业著称。一业旺，百业

169

兴。一时间，朱家角店铺林立，船来楫往，形成"长街三里，店铺千家"的壮观景象。繁华的朱家角被誉为"上海威尼斯""沪郊好莱坞"，列为上海四大历史文化名镇之一。

朱家角最古色古香的要算是北大街了。全长三百多米，东接放生桥，西到美周弄。整条街，家家户户，楼上住人，楼下店铺。

走在号称"沪上第一明清街"的北大街，延续几百年的"长街三里，店铺千家"的富庶仍然可见，那"一线天"独特构筑，叫人不禁敬佩能工巧匠的智慧。到朱家角不逛逛北大街，等于没来朱家角。

朱家角古镇，给我的第二个感觉就是：美食飘香。香气袅袅，<u>丝丝缕缕</u>，令人回味无穷。

千年古镇，佳肴美食千滋百味，滋养了丰富的"食文化"。北大街简直是美食的天堂。扎肉、扎蹄、排骨王、菱角、糖藕、糯米粽、阿婆粽、清香糯米粽、状元糕、海棠糕、芡实糕、花粉糕、桔红糕、熏青豆、豆腐干片、香糯糖藕、苋菜等。这些充满江南风情的美食，菱菱粽粽，藕藕豆豆，肉香糕美，琳琅满目，热气腾腾，芳香扑鼻。有些现做现卖，原汁原味，令人垂涎三尺，胃口大开。

最多的就是扎蹄、扎肉，是古镇的特色美食。几乎每个店铺都滚着一锅老汤，摆着酱红色的扎蹄、扎肉，肉香逼人。

我走进一家叫"沈万三走油蹄"的店铺。这里主卖扎蹄。别的店铺也卖扎蹄，但没有打出沈万三的招牌。我好奇地问为什么叫"沈万三走油蹄"？一个二十岁左右的美女说，我们卖的走油蹄是用沈万三祖传的秘方制作。

沈万三是元末明初的江南巨商，据说，他喜欢吃走油蹄，"家有筵席，必有酥蹄"。有一次，朱元璋去沈万三家里吃饭，其中有一道菜就是沈万三用最喜欢吃的猪蹄膀做的。朱元璋一看就不高兴，故意问，这是什么菜？朱元璋姓朱，跟猪蹄膀的"猪"谐音。沈万三敢用猪蹄膀招待朱元璋，这不是冒犯龙威吗？沈万三马上醒悟过来，赶快说，这是万三蹄！朱元璋点点头，又故意说，万三蹄这么大，筷子这么小，怎么夹啊？在皇帝面前怎么敢用刀去切猪蹄膀，这不是找死吗？这也难不倒聪明的沈万三，只见他从蹄膀里抽出一根骨头，再用这根骨头把蹄膀切成了一块块，放到朱元璋面前。朱元璋吃着蹄膀，大赞万三蹄好吃。朱元璋这一赞等于给万三蹄做了活广告。从此，万三蹄美名在民间传开。猪蹄膀成为江南一道不可或缺的美食。

这个故事真真假假难以考证，但江南有扎蹄却是真真实实的，起码我这个外乡人就看到北大街到处有扎蹄。沈万三后人居住的周庄，也是处处可见万三蹄。

我也喜欢吃猪蹄膀。猪蹄中含有丰富的大分子胶原蛋白质，可以使皮肤饱满、光滑，防止生皱纹，是一种廉价的美容护肤食物。

广东人对猪蹄膀的做法跟江南人不同。我们用猪蹄膀炖汤，用高压锅炖得熟烂，从锅里捞出来的猪蹄膀显白色，无味。之后，再按照个人的喜好，喜欢什么味，就蘸什么酱。不像朱家角的扎蹄，酱红色，有味。我一般是用蒜子拍扁，倒上酱油、花生油调味。

看到家家户户摆着一盆盆的扎蹄，我很想尝尝，可又怕不卫生，拼命忍住想买的欲望。我继续逛街，继续看大店小铺里的美食，见到扎蹄，忍不住多看几眼。

一个男子买了一块扎蹄，放进他身边的女孩嘴里，女孩轻启朱唇，咬一口，嚼一嚼，连连说好吃，叫男孩也尝尝。男孩吃了，也赞好吃。又买了一个扎蹄。

我再也忍不住，花 23 元买了一块扎蹄。解开粽叶，清香扑鼻。放进嘴里嚼一口，皮润肉酥，肥而不腻，咸甜适中，味道好极了。这跟我平时吃的猪蹄膀味道很不一样。

不少游人拿着扎蹄，边走边吃，很是惬意。

一家卖扎肉的店铺围着很多游人。原来他们推出扎肉特价：二元一块，20 元 12 块，以此吸引顾客。我没有赶这个热闹，走到一家人不多的店铺，跟一个阿婆聊起天。我问她这扎肉、扎蹄是怎么制作的？阿婆很热情，说她还是扎着小辫子的小女孩的时候，就开始跟爹妈学做扎肉、扎蹄，至今已做了五十年了。她的爹做得一手好扎肉、扎蹄，很多人爱吃呢。也是靠着一个好手艺，养活一家人呢。

制作扎肉，首先要选上等带皮的五花肉。洗净后，放下锅里煮到断血，捞起来稍凉。接着把五花肉用刀切成六七厘米长、二三厘米宽厚的肉块。把当地产的青稻谷去掉稻壳，放入锅底作垫。用青粽叶从中间包裹切好的肉块，两端的肉露出来，再用青稻草扎紧，放入熬有陈年老汤的铁锅中，加酱油、糖、绍酒等配料，焖煮半小时后，加入少量味精。不久，新鲜热气的扎肉就可以出锅了。

扎蹄的原材料是猪蹄子，做法跟扎肉大同小异，也是用粽叶捆扎后焖煮。出锅的扎蹄颜色跟扎肉差不多，色彩青绿，皮肉红润，青红相宜，很有卖相。

北大街有一家"藏书老苏州羊肉店"，主要经营羊肉面、羊什面。打着百年祖传、姑苏羊肉，本镇独家的广告，在朱家角开了数十年，老远就能闻到羊肉飘出的香味。

在朱家角，我第一次见到"熏拉丝"，色泽金黄，肉嫩细腻。"熏拉丝"是上海郊区的土话，是指用动物的尸体腌渍熏干后的熟食。"熏拉丝",这名字听起来很美,但是如果你知道它是用什么熏的,也许不会有这种感觉了。其原材料就是我们熟悉的蟾蜍,也就是俗称的癞蛤蟆。一想到癞蛤蟆那丑陋的模样,有几个人还有食欲呢?可是聪明的朱家角人,把背上长脓包、肚里长肉虫的癞蛤蟆制成一道风味独特的美食。"熏拉丝"的制作很简单,先是砍头去皮,再用酱料腌渍,最后用烟熏火烤。吃过"熏拉丝"的人,说它味道鲜美,风味独特,好吃得很呢。但我始终没勇气去试"熏拉丝",我实在忘不了癞蛤蟆脓包大肚、扁头呱呱叫的恶心样子。

有时,尝试一种另类的食物,也需要勇气。

走累了,看累了,到"江南第一茶楼"叹一杯茶,或是找一间依河而建的食店,把刚从淀山湖打渔归来、停在岸边卖鱼的渔民手中买的河鱼、河虾给他们加工。望着窗外绵绵的江南烟雨,看满载而归的渔船,吃着新鲜的淀山湖河鲜,真是一种别样的享受。

惑
味
蕾
间
的
诱

到一个地方旅游，能够与美食为邻，枕着美味入眠，这实是一件幸事。

在六朝古都南京，我就是一个这样的幸运者。

"天下财富出于东南，而金陵为其会。"金陵即南京。南京自古繁华地，其美食一样名扬天下。到南京寻美食，特色小吃，夫子庙可是个好地方。这里是金陵小吃的发源地，处于"龙头"地位。其历史悠久，最早可追溯到南北朝时，到明清两代更是兴盛。现时的夫子庙更是金陵的一张名片，饭馆、茶社、酒楼、小吃铺遍地开花。各地像我这样慕名而来的游人，络绎不绝。

这里的美食、小吃品种繁多，琳琅满目，如盐水鸭、回味鸭血粉丝、狮王府狮子头、煮干丝、如意回卤干、什锦豆腐涝、状元豆、旺鸡蛋、活珠子、虾鲜豆腐涝、赤豆小元宵、鸭油酥饼、重八臭豆腐、虾仁蒸饺、黑米莲子羹、三宝牛肉锅贴、金陵雨花茶等，你想吃的东西几乎都可以找到。

我到南京的第二天，白天就在夫子庙附近闲逛，尝尝这个，试试那个，大饱眼福、口福，直想把南京所有的特色美食都尝个遍。这时正是初秋，天气炎热，但夫子庙高大的梧桐树，遮天蔽日，挡住火辣辣的酷热。你坐着，或是站着品美食，都不觉得热气逼人。

南京美食最叫我回味的是盐水鸭。

中国人有无鸡不成宴之说，但鸭在南京美食中更具重要地位，就如北京的烤鸭。"金陵鸭肴甲天下"，鸭满南京，到处可见鸭的影子，闻到鸭味的飘香。南京跟鸭有关的历史，早在六朝时期的《陈书》《南史》《齐春秋》等，就有记录了。古人甚至设鸭宴以振军威："陈、齐两军在南京幕府山地区对战时，陈媲以鸭肉，帝命众军蓐食，攻之，齐军大溃。"从这段历史记录，我们不难理解南京人对鸭的喜爱。

南京人对鸭的感情更是渗进民俗中。据说南京准岳父母招待准女婿，设的就是鸭宴，用"鸭"传情。如果不喜欢这个未来女婿，就给他夹鸭翅膀。翅膀是要飞走的，这婚事就黄了。如果看中这个未来女婿给他夹什么呢？是鸭腿？鸭胸脯？都不是。说来你不信，是很多人都不喜欢吃的、鸭最难吃的部分——鸭屁股。这南京的准岳父母也算用心良苦，鸭最难吃的部分他都敢吃了，将来还有什么苦不能吃？这婚事就这么搞腚（定）了。

南京鸭的制作方法多种多样，各具特色，盐水鸭、金陵烤鸭、板鸭、烧鸭、金陵酱鸭、香酥鸭、八宝珍珠鸭、咸鸭肫等。最有名的要算盐水鸭，至今已有一千多年历史。制作过程有个口诀"熟盐搓、老卤复、吹得干、焐得透"。《白门食谱》记载："金陵八月时期，盐水鸭最著名，人人以为肉内有桂花香也。"南京的盐水鸭一年四季都可以制作，最美味的是中秋前后，这时正是桂花盛开季节。"桂子月中落，天香云外飘"，把送爽的秋风，飘香的丹桂，秋天的诗意，腌进鸭里，这鸭味道特别好，所以这个季节的盐水鸭有一个充满了诗情画意的名字，叫"桂花鸭"。桂花鸭，桂花鸭，光是听名字就叫人胃口大开，更是诗意盈怀。

我到南京恰好就是中秋节前几天，正是"桂花鸭"最美味的时节。桂花鸭有"清而旨，久食不厌"之美誉。的确，它看起来皮白肉红，吃起来肥而不腻，口味鲜嫩、香醇、骨头香，味道好极了！我第一次吃"桂花鸭"，尝了一口，立刻喜欢，于是筷不停，口不歇，不到几分钟，就"消灭"了半只桂花鸭。我离开南京即将回家那天，别的什么都不点，唯独点了盐水鸭。

在南京，我有两晚都是住在玄武区。不为别的，只为所住的酒店在美食街里。到达南京的第一晚，远远望见"红山美食街"的招牌，阵阵扑鼻的香味发出诱人的邀请，我当即决定住在这里。梳洗完毕，已是凌晨，当晚我没有出去。第二晚，去游玩回来，我赶快放下东西，来到这个叫作"红山美食街"的地方。

美食街是由几条自然街巷组成，每条街巷上面张灯结彩，一串串具有中国特色的红灯笼，张扬着美食街的喜气。不到七点，条条街巷人头攒动，食客满座，锅盘声、高谈声交织成一片。

在美食街，我走街穿巷，看看这些美食，闻闻那些小吃，问问有哪些特色菜。我不急于找地方坐下吃晚餐，欣赏美食也是一种享受。这里不仅有南京本地的特色小吃，还荟萃了全国各地美食。重庆鱼火锅、北京烤鸭、高淳土菜，石家庄盘菜；徽菜、湘菜、粤菜、川菜；甜的、咸的、辣的、酸的麻的，五味俱全。

来到一家海鲜烧烤店，我的脚步再也挪不动。我最喜欢吃烧烤，明知道烧烤热气，还是无法挡住香味的诱惑。一个美女拿来菜谱叫我点。菜谱上列有"特色类""荤菜类""素菜类""冷菜类"等。最后一类是"广东生滚粥、爆炒海鲜"。"广东"二字让我感觉亲切，似是久居他乡遇故知。每类下面有品名、单价，你要什么就在品名后面打勾。价格都不贵，一元一只（串），几元一个（条）的占多数。这些要烧烤的东西都摆在桌上，可见可闻，看起来色泽不错，闻起来味道新鲜，真是物美价廉了。

我一口气点了好多样，什么牛肉串、羊肉串、烤黄鱼、羊腰片、羊宝、鸭舌、麻雀，还有我比较喜欢吃的烤韭菜。店铺不大，可生意火爆，不但有像我这样专门来吃烧烤的人，还有在其他店铺吃饭的人，也来点烧烤作下酒的东西。服务员忙得团团转，我点的东西好久都上不了，一催再催，一等再等，好不容易才上来。我要了一瓶啤酒，用烧烤下酒，一个人自饮自斟，别有风味。多年以前，我就有过这样的梦想，来到一个陌生的地方，拿着我喜欢吃的烧烤，旁若无人地吃，那是多么惬意的事。这晚我在南京实现了这个夙愿。

美食街飘来的不只是美食的香味，还有歌声。唱歌的是一些年轻男孩、女孩，他们背着吉他、手拖着小音箱，神态自若地走街串巷。他们青春的身影，成了美食街一道独特的风景。有雅兴的客人，就请他们停下来，点一支歌下酒，听听歌曲助兴。

一个女孩经过我身边，我叫住她。看她样子斯斯文文，秀秀气气，我问她是不是大学生，她说是。她白天在学校上课，晚上来这里唱歌，赚点生活费。客人点一支歌二十元，生意好时一晚有几百元收入，差时也就几十元。我点了一支歌，不是因为我对歌有多喜欢，而是对这个自食其力的女孩子的一点鼓励。

我请她吃烧烤，喝酒，她很有礼貌地说声"谢谢"。

我想给她拍照片，她笑而不语。我就拍他们的背影。这晚我拍了好几个歌手的背影，他们渐行渐远的影子都是那么模糊。但愿他们的明天是美好而清晰。

他们让我想起白天游玩的秦淮河，想起在历史画卷吟唱的秦淮歌女。

我知道从这晚起，南京让我回味的，不只是味蕾间，还有青春的歌声。

唇齿间的醉

无锡美食多得很，最喜欢的是"太湖三白"，最难忘是吃醉虾。

从苏州赶到无锡，放下行李后，人早已饿得没有力气走路了。我们一行人赶快出来找吃的安慰肚子。

这条街是名副其实的"旅游街"，来来往往的多是像我们这样的游客，可买的东西应有尽有，可吃饭的地方也多着呢。肚子饿得很，我们无暇顾及琳琅满目的货物，找了一个环境比较优雅，看起来很干净的酒店坐下。

一行人饿得两眼发光，美食没有吃到，倒是"吃"到秀色。一个非常漂亮的姑娘忙过来招呼，问我们想吃什么？我们问她，无锡有什么特色菜？

美女说"太湖三白"是无锡的特色菜，来到无锡，不尝尝"太湖三白"，等于白来无锡。所谓"太湖三白"，就是产自太湖的银鱼、白鱼、白虾这三味湖鲜，以它们的形冠名。她还极力推荐醉虾。

太湖是有名的"鱼米之乡"，早就久仰"太湖三白"大名，又是特色菜，那肯定要吃。醉虾倒是没吃过。美女把它说得那么美妙，那就点来尝尝。

"太湖三白"上来了，银鱼、白鱼、白虾品相看起来很不错。光是看，就叫人陶醉，胃口大开，垂涎三尺。

银鱼，个子不大，形状像女子头上的玉簪，色泽如银，透明滑溜，柔如无骨，无鳞无腥。"春后银鱼霜下鲈"，宋代诗人给银鱼很高的评价，把它与鲈鱼并列。

白鱼全身银光闪闪，骨细鳞也细，而且鳞下脂肪多，肉质细嫩。白鱼被老百姓夸为无锡第一鱼。《吴郡志》载："白鱼出太湖者胜，民得采之，隋时入贡洛阳。"

白鱼又叫作"鲦"，因它的头尾俱向上而获名。它还有一个名字叫"银刀"，这个名字跟一个在无锡流传很广的传说有关。那是明朝末年，太湖渔民张三带领渔民，抗击进入太湖的清兵。鏖战中，张三被利箭射中手臂，疼痛难忍，刀掉进太湖。英勇的张三从湖中捞起一把银刀，继续跟清兵作战。手持银刀的张丰，仿佛有神力相助，神勇无比，把清兵打得落花流水，抱头鼠窜。大家看到，他手中拿的是一条白鱼，银光闪闪，泛着寒光。从此，人们把白鱼叫银刀。

银鱼和白鱼都是鱼中珍品，曾是朝廷贡品。

白虾的肉又嫩又鲜美，壳又白又薄，看起来像一个白衣的弱质女子，让人不禁心生怜意。

美食讲究色、香、味、形，"太湖三白"几者兼备，加上我们的肚子早已饿得咕咕叫，"太湖三白"很快就见了底。大家直说不愧是特色菜，味道真不错。

在无锡的第二天，我们游览了中央电视台无锡影视基地、太湖、三仙岛等景点。因为念着白虾、银鱼、白鱼的美味，中午又品尝了太湖美食"太湖三白"，还吃了"太湖排骨酱"等。我还特意买了"太湖三白"和"太湖排骨酱"带回当礼物。这是后话。

再回过头来说说那盆醉虾。

我们吃完"太湖三白"后，大家对着那盆醉虾，你看看我，我瞧瞧你，都不敢动筷子。在酒中泡过的醉虾，虾枪、虾须、虾脚已被剪去，像喝醉酒的少女，醉态可掬。这让我想起《红楼梦》的史湘云，醉酒后睡在花丛中的情景。有的醉虾可能喝的酒不多，或者太胜酒力，一会儿就醒了，在盆里活蹦乱跳，想跳出盆子，可上面的盖子罩住，跳上去的醉虾被盖子反弹回来，它们不甘心又跳，又被反弹。如此反复。

这时，我们的肚子已不饿了，大家就停下筷子看醉虾表演，看它们活蹦乱跳的样子，大家都不敢吃，也不忍心吃。刚才那个推荐我们点醉虾的美女一见，马上惊讶地说，醉虾好吃得很呢！你们怎么都不吃？她看了看在座的男同胞，调皮地眨眨眼说，醉虾有治疗肾虚、阳痿等症呢，你看人家那桌人吃得多欢。

大家朝她所指的方向看去，果然有一桌人，你夹我吃，吃得不知有多开心，一盆醉虾很快就见了底。

我们一行人转回身望着桌上那盆醉虾，还是你望望我，我看看你，都不敢动筷子。各地饮食各有各的习惯，醉虾近似生吃，广东人以熟食为主，对生吃兴趣不大。考虑到卫生问题，有的人很抗拒生吃。我就不喜欢生吃，像日本的刺身，我是望而生畏。

快吃吧！活蹦乱跳的醉虾生命力强，这种虾最好吃。美女服务员又动员我们。

吃吧！陈新说完夹了一条正在跳的醉虾，醮取调料，慢慢放进嘴里。醉虾的尾部还在摇动，众人盯着他的嘴巴，目瞪口呆。他嚼了几下醉虾，然后闭着眼睛把那条醉虾咽了下去，大有"我不下地狱，谁下地狱"之悲壮。醉虾吞下肚子后，大家马上问他味道如何？他抚摸着肚子说，味道好极了，你们也尝尝吧！榜样的力量是无穷的，肖也夹起醉虾吃，也是一副"风萧萧兮易水寒，壮士一去兮不复还"的壮烈。接着伟明也动筷子了。他们把醉虾吞下肚子后，大家马上关切地问味道怎样？回答都说好吃。

他们点名叫我也吃，说我能喝酒，吃醉虾最合适了。一开始我说什么也不肯吃，后经不起他们的劝说、诱惑，于是也怀着一种壮士断臂的壮烈情怀，勇敢地夹起一只正在跳的醉虾，沾上配料，放进嘴里，闭眼，咀嚼，吞下。那醉虾脆嫩，爽口，鲜美醇香，还带有一点酒味。果然味道不错！

于是，大家你一条，我一条，那盆醉虾就全部"跳"进我们的肚子里了。

美女说得对，你不试又怎么知道它的滋味？有时候，勇敢去尝试，大胆挑战自己，会有意想不到的收获。如果没有第一个吃螃蟹的人，如果没有第一个吃西红柿的人，螃蟹是何滋味不得而知，西红柿也继续被视作狼桃而无人问津。

吃完醉虾，大家兴味盎然，问美女醉虾的制作方法。她说，醉虾首先要选用活蹦乱跳的大虾作为原材料，再将鲜虾洗净，用剪刀剪去虾枪、虾须、虾脚，再洗干净，随即倒入玻璃碗内，倒入黄酒。上等的黄酒才是做醉虾的首选酒。另外，葱、姜、麻油、生抽、醋等调味料按照比例调配。

舌尖上的梧州

每去一个地方旅行，我一定要寻找当地特色美食，品尝其饮食文化。这次去广西梧州旅行，我锁定要去骑楼城，品尝梧州闻名遐迩的梧州龟苓膏。在梧州，我如愿吃到正宗的梧州龟苓膏，还有许多意想不到的收获。例如，吃到不同做法的梧州鸡。

中国人有无鸡不成宴之说，在梧州更是如此。梧州人不仅把鸡做成一道道风味独特的美食，更把它做成"鸡文化"，从梧州走出广西，走向全国。

那天在梧州逛骑楼城，边欣赏边拍摄，我完全被古色古香的骑楼迷住了，一逛就是大半天。阿明说，肚子咕咕叫了，先找点东西安慰安慰闹意见的肚子吧。我同意。我问一个正坐在门口纳凉的老人，梧州老字号特色美食街在哪里？她说在骑楼城的五坊路。果然，在大东上路的街头，我们见到一个大大的枣红色的木牌，竖写着两行字：梧州老字号特色小吃街。街道的中间一字排开一座座小巧的美食屋，四面都有窗口。屋与屋之间隔着一米多的距离。

美食屋主要经营当地老字号美食，比如老伯田螺、双钱龟苓膏、谭谦记、梧州纸包鸡等。也有一些非本地老字号小吃，甚至有进口的"洋美食"。这些美食屋敞开的窗口，让游客品尝到的不仅是美食，还有饮食文化、岭南文化。

几个女孩子围着一座美食屋。名字很霸气，叫"霸气鸡脚"。中国人以谦虚为美德，就算自己很厉害，也不敢轻易说自己"霸气"。敢打出"霸气"的招牌，想必很牛逼吧！我饶有兴趣地看它，看到"荣获梧州市第二届骑楼文化旅游节最受欢迎小食奖"的字样，看到有些女孩子买了鸡脚，转身就吃起来，边吃边逛街，我想拍张图片就走人。但来买鸡脚的人络绎不绝，遮住我的视线。我只好站在旁边等。等我终于拍到"霸气鸡脚"前没有人的图片后，好奇心钉住了我的双脚：引得女孩子直流口水的鸡脚，到底什么味道？走上前一看，鸡脚装在一个个长方形的大塑料盒子里，有几种口味。可见到里面的配料，有的用蒜蓉，有的用辣椒。每一种鸡脚都是 26 块钱一斤。

到广西旅行这几天，正巧口腔溃烂，我警告自己不能再吃热气的东西。可一看到这些鸡脚，闻到那香气，口水就流出来了。为吃美食浑不怕，不吃怎么知道它的味道呢？我让老板每种鸡脚卖两个，打包，当消夜吃。回到酒店，我慢慢品尝"霸气鸡脚"，希望吃到"霸气"的味道。

不只是在特色小吃街，梧州美食处处有，用鸡作食料的也特别多。什么新鲜秘制传统三黄鸡、猪肚鸡，享誉两广的古典鸡、纸包鸡，等等。最有名的就是"梧州纸包鸡"。

走在骑楼城大南路，远远望见对面街有一栋高楼，楼正中白色的墙上写着："中国一绝，梧州纸包鸡。"我们决定就在这幢白楼吃午饭。跨过公路，走到白楼下，看见楼上写着"老字号大东大酒家"字样。

大东大酒家是名副其实的"老字号"，这里有不少传统的元素，古朴、典雅，跟老字号这个招牌很相配。我们找上门也算是歪打正着。它的前身是华南酒楼，经营者是大名鼎鼎的爱国人士李济深。当时这里不只提供吃喝，还有娱乐等多种功能。像新马师曾、罗品超等粤剧名伶曾来此处的剧场演出。客人在酒足饭饱之余，又可以打着饱嗝，听一曲悦耳的粤曲。才品饮食文化，又赏戏曲艺术，其乐融融也。所以，在20世纪20年代，酒楼已名扬桂粤港澳等地。可惜后来毁于日寇的轰炸。现在的大东大酒家，是1947年重建后易名。

服务员来点菜。我们首先点了梧州纸包鸡，十二元一件。这让我很是惊讶。在大酒家，大名鼎鼎的梧州纸包鸡居然这么便宜？我以为自己听错了，服务员用十二万分的口气肯定我没听错。

纸包鸡放在一个白色的碟子中端上来了，外面有一层锡纸包着，薄薄的，褐色，里面的油渗出来，从卖相看不怎么样。服务员帮我们挑开外面的肉扣纸，香气飘出来，鸡件也露出来。一块是小鸡腿，一块是鸡脯肉。鸡皮金黄色，颇像北京烤鸭，色相诱人。我想一尝为快，马上用筷子夹起来放进嘴里，"啊呀"，烫得我直叫。服务员说，刚揭开纸的鸡还很烫，迟点再吃。过一会儿，估计不再烫了，我夹起一块放进嘴里慢慢嚼起来，香脆，滑口，甘美，有点麦肯基炸鸡的味道。

据介绍，纸包鸡的选料以及制作过程要求都比较严格，原料是本地农家养的三黄鸡。宰杀拔掉鸡毛，去掉内脏，切成几件。然后，倒入配料，搅拌，浸腌。最后，用油浸炸好的玉扣纸逐件包裹，放入花生油锅中浸炸成棕褐色即可起锅。

我问服务员，配料有哪些呢？她笑笑说，秘方只有师傅才知道。我不再问什么，和同伴大快朵颐吃起纸包鸡，赞其味道不错，名不虚传。我想买些回去送人。可是这鸡怎么拿得回去？服务员说，你可以买有包装的纸包鸡啊！

吃完午饭，我们继续逛骑楼城。在五坊路，粤东会馆对面，有一家"新粤西楼"，这里出售保鲜便携装的"麦劲堡牌"梧州纸包鸡，15元一袋。包装很精美，正面写着"广西手信，梧州特产"，包装背面简介梧州纸包鸡的来历，传承发展。

梧州是一座有四千多年历史的山城，是岭南文化和珠江文化的发祥地，自古有"食在梧州"之美誉。梧州纸包鸡源自清朝民间，至今有150年历史。因为味道鲜美，颇得老百姓喜爱。后从民间井坊登上"大雅之堂"，成为梧州府府台宴请宾客的主菜。一些酒楼对这道美食不断改良、提升，味道更好，食客如云。酒楼因此名声大振，梧州纸包鸡也水涨船高，扬名桂粤港澳和东南亚各地。来梧州的商人、游客均以一品纸包鸡为快。据说，赫赫有名的粤军将领陈济棠久闻梧州纸包鸡大名，为品尝其美味，特意派出专机，把纸包鸡从梧州空运到广州。20世纪80年代初，梧州知名厨师应邀参加全国烹饪美食大赛，梧州纸包鸡名动京城，一飞冲天，被誉为"中国一绝"。尔后，梧州纸包鸡"飞"进风情电视纪录片《中国一绝》。

梧州人不满足于现有的成绩，不断进行工艺改进，使梧州纸包鸡更上一层楼，继续刷亮这一金字招牌。2014年，梧州纸包鸡制作技艺被列入梧州非物质文化遗产名录。从此，梧州纸包鸡不仅是一道美食，还是文化遗产。

我买了几包梧州纸包鸡，作为手信带回去。我要朋友吃到这道美食的时候，还品尝到具有岭南特色的饮食文化。

为食乌镇

　　民以食为天，一个地方的旅游热，往往带动饮食热。对于旅游的人来说，在大饱眼福的同时，也大饱口福，尝试在自己所生活的地方没吃过的美食，那是再好不过的事。

　　江南水乡乌镇的饮食业同旅游业一样发达，镇内遍布大大小小、各具特色的美食、小吃。

　　宋生是我去浙江的旅程中认识的老乡，在杭州各自办完事后，他叫上浙江的一个朋友周生，三人结伴去乌镇。周生是浙江人，原来在广东工作，跟宋生同过事。周生后来离开广东，回到家乡工作。

　　周生说，来我们浙江，得好好尝尝我们江南水乡的美食，看看跟粤菜有什么区别。

　　我们一路走，一路看，一路尝。乌镇美食很多，如乌镇酱鸡、梅菜扣肉、小龙虾、小螺丝，三珍斋酱鸡、姑嫂饼。有名的小吃有臭豆腐干、定胜糕、熏豆、荷叶粉蒸肉、小馄饨等。

　　乌镇的西栅、东栅，美食店、饭店多过米铺。什么同和兴羊肉馆、三山馆、钱长荣菜馆、三珍斋酱鸭店、翰林府第酒店、逢源酒楼、百年老店九江楼等。叫我惊喜的是，在乌镇见到一家"大茶饭粤港点心茶楼"，专门经营粤港风味的美食。光看这么多经营吃的楼馆，乌镇饮食的热闹可见一斑了。

每家楼馆都打出招牌菜、特色菜，吸引游客。如百年老店"九江楼"以经营本帮菜的首肉、荷叶粉蒸肉著称，外加菊乡八爪鱼、古镇明珠球饼、外婆鸭、富贵石榴果等；翰林府第酒店，其招牌菜有剁椒白水鱼、果仁南瓜烙、霉菜梗炖豆腐、翰林酱鸭、乡村豆瓣、粽香扎肉、咸鹅煮螺蛳等。

有些酒楼像写文章一样有"主题"，如"乌镇那一年主题餐厅"，它的特色菜叫"那些年泡饭""地中海蔬菜锅""牛吃草"。

"似水年华红酒坊"，则是因为电视剧《似水年华》在乌镇拍影，借电视剧为酒坊名，沾了电视剧不少光。来到乌镇旅游的人，没几个不知道《似水年华》和刘若英。

《似水年华》，是黄磊自导自演的首部电视剧。讲述的是一对来自海峡两岸的青年（由黄磊和刘若英主演）的爱情童话。他们在美丽的江南水乡乌镇相遇、相恋，而后离别、想念、重逢。似水年华，白云苍狗，人生如梦，有多少爱可以等待？有多少情可以相守？遇上你是我五百年前在佛前求的缘，遇上你是我今生最美的绽放。能相爱这辈子无憾矣。故事浪漫而唯美，令多少男女为之着迷。在乌镇还保留有当年拍摄《似水年华》的场景，多少游客在此流连忘返，追忆似水年华。"似水年华红酒坊"的特色就是乌镇之秋、红酒、邂逅、薯条，暗合了酒坊打造的浪漫主题。在"似水年华红酒坊"，吃到的不仅是美食，还有浪漫。

走在乌镇，处处可见叫作姑嫂饼的传统糕点。这种糕点味道有很多种：花生味、芝麻味、菊花味等。有的店还现做现卖姑嫂饼，新鲜热辣得很呢。

周生带我们进一家姑嫂饼店。店门口站着一个水嫩的漂亮妹子，一见我们，她春风满面，热情招呼，给我们介绍姑嫂饼，叫我们品尝，说不买也没关系。店内一张大大的长方形木桌上，摆放着洁白的面粉、薄薄的饼皮、木质的饼模具。有几个女工正专心致志坐在桌前做姑嫂饼。搓皮的搓皮，包馅的包馅，用模子定形的用模子定形，忙而有序。做好的姑嫂饼呈圆形，比棋子大不了多少。做好的姑嫂饼摆在木桌上，颇像摆开龙门阵对弈呢。

做饼的女工跟站在门口那个妹子一样，清一色的头戴蓝花头巾，身穿蓝花布衣服，很有江南古镇特有的水乡风情，让人恍以为走进旧日时光。看见我们在看她们做饼，她们只是抬抬头，莞尔一笑，然后又低头忙手里的活。

"姑嫂饼是乌镇的著名特产，来，来，尝尝吧，好吃得很。来乌镇不吃姑嫂饼，会留下遗憾的哦。"刚才那个漂亮的妹子又不失时机地推介姑嫂饼。

我们被妹子的热情打动了，买了不同味道的姑嫂饼，当场品尝起来。看起来有点儿油腻的姑嫂饼，吃在嘴里却不油不腻，酥酥糯糯，松松脆脆，香香甜甜，又甜中带点咸，甜咸相宜。

"用极细麦粉和糖及芝麻印成圆饼，有椒盐者，有白糖者，味甘而润，远近著名。"这是清乾隆年间乌镇同知董世宁原修、卢学溥续修的《乌青镇志》"土产篇"中写到的姑嫂饼。它既介绍了制作姑嫂饼的配料、做法，饼的味道类别，也指出姑嫂饼历史悠久，名闻杭嘉湖等地。《乌青镇志》的记录跟现在乌镇人用面粉、芝麻、猪油、白糖等配料的姑嫂饼相吻合，也说明这种饼跟前人的制作一脉相承。

姑嫂饼除了有书面的记录，还有口口相传的民间传说。在乌镇，熟悉这种饼的人都对这个传说略知一二。

姑嫂饼，初听名字，我脑海里出现这样的画面：嫂子跟小姑亲亲密密、说说笑笑，一起搓面皮，一起烙制糕饼，做好的饼散发出的不仅有麻香味，还有和美的亲情味。

可是，关于姑嫂饼的传说跟我想到的画面正好相反。不知是明朝的时光，还是清代的岁月，在乌镇有一家叫"方天顺"的夫妻饼店，他们用祖传的秘方做的饼特别好吃，方圆几百里的人都跑来光顾他们的生意。方家夫妻育有一儿一女。按照当地的风俗，祖传秘方传男不传女，甚至传媳妇也不传女儿。因为得到祖传秘方的嫂嫂做的饼也颇有口碑，小姑很不服气，有心让嫂子出洋相，趁嫂子有事出去，故意在她配好料的粉缸撒上椒盐，搅匀。谁知加上椒盐做出的饼，客人连连叫好，大赞椒盐味的饼味道好极了，比以前吃的饼更好吃。问他们是不是加了新的配方，还说以后就买椒盐味的方家饼。他们一向做酥糖味的饼，怎么会有椒盐味呢？方家夫妻百思不得其解。做不出客人要的椒盐味饼，那可怎么办？他们愁得团团转。看见父母愁得吃不香，睡不着，女儿于心不忍，道出事情的真相。父母也原谅了女儿的意气用事，一家人齐心合力研究有椒盐味饼的制作方法，起的饼名就叫姑嫂饼。从此，真的出现嫂子与小姑一起做饼的和谐场面。

这个传说情节一波三折，颇像小说。真真假假，难以考究，倒是结局让人欣喜。在吃姑嫂饼的同时，也吃出温馨的味道。

姑嫂饼的包装也很有特色，用塑料包，用纸包。有一种用竹编织的小篮子，竹篮上面用红绸布盖着，很漂亮，很有艺术感，着实让人喜欢。当作礼物送人最好了。我忍不住买了这种包装的姑嫂饼，自己留着纪念也好，当作礼物送给人也很有面子。

我们在乌镇西栅，选择一间叫"民国时代"的特色主题餐厅。餐厅门口两旁挂着气球，五彩缤纷，喜气洋洋。

"民国时代"主题餐厅按照民国时代的风格装饰，一派民国风味，怀旧、清雅。门口的女服务生蓝布衣，黑裙子、黑布鞋。男服务生则穿着民国时的长衫。走进"民国时代"恍如时光倒流，回到离我们不是很遥远的民国。餐厅里面有六个包间，分别叫"爱玲""志摩""达夫""评梅""静之""庐隐"，是以张爱玲、徐志摩、郁达夫、石评梅、静之、庐隐这六个著名的作家、诗人之名命名。这六个人中，张爱玲、徐志摩名气最大。他们都是江南人。

不过是经营饮食的餐厅，偏偏以某个时代作为卖点，跟文化扯上关系，饮食与文学"联姻"，足见主人的用心。所以，这家以民国时代为特色的主题餐厅，比较受怀旧之人，或是文学青年欢迎，人气较高，来迟点都订不到座位。我看到一个背着背包的女子来到"民国时代"，张口就说，我要"爱玲"。服务生说，很抱歉，您来迟一步了，"爱玲"包间刚被人订走了。"静之"房的客人刚走，留给您吧？女子说，"静之"是谁？我不要，我要"爱玲"！

张爱玲是民国四大才女之一，是中国现代著名作家，一生留下无数文学作品，也留下被奉为经典的名言，深受青年男女的追捧。如"于千万人中遇见你所要遇见的人，于千万年之中，时间的无涯的荒野里，没有早一步，也没有晚一步，刚巧赶上了，那也没有别的话可说，唯有轻轻问一句：'哦，你也在这里么？'"

在"民国时代"主题餐厅，不断有人离开，不断有人进来。男男女女，各色人等都有。我的脑海里跳出这样的画面：一个女子独自来到"民国时代"，靠窗坐在"美人靠"上，手里捧着张爱玲的《倾城之恋》。一个男子来到她对面的空位置上，问她有没有人坐？女子抬起头，两人四目相对，犹如电光石火。男子说，哦，你也在读《倾城之恋》么？女子说，是的，你也喜欢么？于是，一场倾城之恋在"民国时代"拉开序幕……

你想吃什么呢？周生接过服务生递过来的菜谱，放到我的面前，把我的思绪拉回到现实。

菜谱上有红烧羊肉、酒糟河虾、宋家红烧肉、胡先生豆腐、小米糕、野菜饼、乌镇大羊肉、银鱼羹、酱鸭、蔡家小羊肉、传统酱焖蛋、酱牛肉、草头饼等。

我们点了红烧羊肉、胡先生豆腐、野菜饼等。那红烧羊肉皮脆肉嫩，肥而不腻，酥香爽口，甜中微辣，令人食指大动。

在乌镇，红烧羊肉和白水鱼很有名，大部分饮食店都有这两道菜，就看味道的差别了。

李时珍在《本草纲目》中说："羊肉能暖中补虚，补中益气，开胃健身，益肾气，养胆明目，治虚劳寒冷，五劳七伤。"羊肉有助元阳，补精血，益劳损，是一种滋阴补药，男女都适合吃。男人吃了补，女人吃了美颜。羊肉是男人的加油站，女人的美容院。

乌镇民间也有"一冬羊肉，胜过几斤人参"的说法。乌镇人喜欢吃羊肉，就好像雷州半岛人喜欢吃狗肉一样。乌镇人的红烧羊肉，主要选皮细、肉嫩、脂肪少的青年湖羊，也就是"花窠羊"作为原料。再用黄酒、红枣、冰糖、老姜、萝卜、酱油等作佐。

　　美食，吃的不仅仅是味道，还有心情，还有情趣。甚至可以说，情趣是一种非常好的味道。